千緣萬履

胡鼎宗 著

·自序

往事不如煙

我自己的感覺：年齡越大，越念舊。而且很怕記憶之鏈突然中斷，那些美好事物將隨風而逝，於是起了動筆念頭。

論年齡，我還不到寫回憶錄的時間，就算寫了也毫無賣點；能有機會記錄成長都市的舊時風情，以及個人的人生風景，可能是內容雖老調卻不重彈，涵括了些人文意味在內。

不過，個人眼界甚小，生活的吉光片羽，哪堪與時代洪流相比？野人獻曝，留存斯事，自得其樂而已。

緣分難得，步履惟艱。每個人都有可茲敘說的春秋往事，千言萬語反覆吟唱，引為至寶；思索再三，本書即以「千緣萬履」定名。

感激所有在成長路上給予指導、教正、磨難的朋友；因著緣分，助我成長。

感謝老友小剛弟，舜子弟的協助，謝謝秀威資訊芳琪小姐綜理出版事宜。

謹以此書獻給已過世的父母親。這是我的第十四本書，筆耕之路樂無窮。

胡鼎宗110.02.10

目錄

卷三　文海漫遊

卷一　古都拾零

臺南昔為臺灣首府，人文軌跡豐富，文化底蘊深厚；其中少為人注意的，是二次戰後所謂「外省人」來到此地的活動。這些人大部分住於眷村，迅速地融入當地，生活著、工作著，為這塊土地奉獻付出。

長久以來，眷村文化自有脈絡可尋，眷村人事卻少有人提及，個人願藉此系列篇章，探尋府城一角小眷村的生活過往，梳理人與地理環境相處共生的記憶，喚起大眾對合群共榮、同中存異多些省思。

之一　天馬奔騰在府城

四、五十年代的臺南市，工商發達，經濟繁榮，是臺灣少數有著文化涵養的地方。其中傳統戲曲的傳揚和演出極為興盛，平劇亦躬逢其盛，在全臺首學之地開花結果，帶動往後數十年表演薪傳，留下璀燦動人的文化底蘊。

這股風潮是外來的軍人和公務員帶來的。其實，當地士紳學者對平劇亦皆愛好，「顧劇團」留臺表演期間，全臺各地對傳統戲曲的喜歡，已達瘋狂程度，一方面基於脫離日治、仰慕中華文化之故，另一方面源於當時戲劇演出乃為唯一文化活動，所以並不因平劇為「外來劇種」而排斥，甚而成為人人學習與爭看的娛樂。

當時娛樂少，學戲、唱戲頗為時髦，不少當地人士加入劇社學習，表演得有聲有色、融洽和樂，很難想像隔了三、四十年後臺灣會有挑撥族群不合情事上演，再次挑動原已撫平的族群仇恨之根；當初學戲的臺籍人士，恐難以想像！

人文化成的力量本就沛然莫之能禦，從文化看政治，即證「天下本無事，庸人自擾之」了。

現座落於二級古蹟臺南地方法院對面的實踐堂及其旁的社區活動中心，即見證了這段文化遞嬗、融合和傳揚的歷史。

・

民國四十四年在臺南出生的我，懂事之後，比較記得清楚的地方是現今的實踐堂和其周圍之地。那時從我們住的安平路到那裡，都要坐三輪車，小孩蹲在大人腳前，看著車伕用力地踩踏前行，一會兒發著口哨聲驅趕著，一會兒用著剎車的鐵桿碰觸車體發出聲音，就像喇叭一樣，一路送我們到達那個地方。

當時那是一座公園，聽人們稱它為「忠烈祠」，我只知道樹木長得高壯，有多個高大的銅馬和銅麒麟立於其內，但前頭群聚的小販弄得滿地泥濘，令人生厭。

我們一家人到那裡是陪爸爸票戲。所謂「票戲」，是票友到票房唱戲，說的真確些，是一群不是平劇專業演員的人，定期到一個場所聚會練唱的意思。

那時候的娛樂極少，平劇演出機會較多，南臺灣比不上北部要角如雲，但非專業演員認真排練，自娛娛人，很得當地民眾激賞。父親加入的劇團名為「天馬平劇隊」，全是空軍各單位的官士兵組合而成，練唱和聚會的場地在忠烈祠內。

小時候的我，不懂得什麼是忠烈祠，隨著爸媽穿過群聚小攤，從一座有著半圓形拱門式的邊門進到內裡。裡頭是座中國式建築物，有廊柱、翹瓦，和一般所見民居大不相同。

我始終不明白的是，還算佔地寬廣的建築物，為何要從一道窄門進出？直到回想起這段記憶，我才驚覺，原來建物的前方早被違建戶佔得滿滿，所以當我們由邊門進入後，能看到一座天井花園，那是這棟建物的前埕。花崗石地板每在下雨過後，留下青苔水漬和岩面輝映成趣。

進入大廳後是一張方桌，就像民初電影中的場景一樣，只是朱紅大柱十分顯眼。平劇演出時的道具都擺在這裡，有桌椅和刀槍劍戟等物，因為空間大，看起來不覺擁擠，左右各有些房間，後方則是一臺壓麵機。

天馬劇隊成員有的未婚，住在此地，有的可能是退伍軍人之類，所以壓麵機的主人肯定沒工作，就以製麵為生。我常跑到大廳後，看他操作。那位伯伯先將麵粉和水，不斷揉和，再將麵糰捍平，放入機器，愈壓愈薄，到一定程度後送入機器內，就能軋出各種粗細的麵條了。

至於伯伯在劇隊的角色，倒是忘得一乾二淨，連姓什麼都不復記憶。記憶最深刻的是趙慧珠姑姑，她是父親的乾姊，先生宋向榮是黃埔出身，官居要職，卻因感情不睦而分居，四十年後才又復合，直至宋伯伯九十高齡辭世。

・

趙姑姑聽說是科班出身，青衣花旦均見長，是劇隊中的要角。住在入口邊門的對面，通常那裡男賓止步，她卻常招呼我和姊妹進她房間，空間雖不大卻雅緻舒適，有時拿些蘋果送我們，在當時是最高級的水果了。

趙姑姑與媽媽以姊妹相稱，有時亦到家裡來坐。她是古典美女，五官勻稱，扮相極美，連我們小孩子都說漂亮。趙姑姑說話很好聽，可有些天津腔，和一般北京話有些不同，在劇隊裡很受尊敬，倒不是她先生是大官之故，而是她永遠微笑待人，舉止非常優雅。

那時劇隊的成員很多，小孩子哪記得到名字，碰到人就「叔叔、伯伯」的叫一聲就行了，尤其是文武場（樂隊）的人來來去去，很難記得住誰是誰？倒是唱的人和一般住在那裡的人，看久了通常會留下一些記憶。

演員中最出名的是謝景莘伯伯，爸媽都喊他「謝眼鏡」，因為他戴著厚重的近視眼鏡。謝伯伯唱老生，嗓音清越，天馬劇隊連年獲獎，主要功臣就是他。每回謝媽媽都跟著來，是劇社中公認的兩枝花，另一位是我媽媽。

謝景莘是機械官，我爸爸則是醫院的檢驗科主任，是公認最年輕的帥哥，他卻唱老旦，也是戲裡吃重的角色。其實，爸爸熱愛平劇，各種角色都難不倒他，還勇於嘗試演老生、小生、丑角，是演戲全才。

提起全才，就不得不佩服一個劇隊能擁有各式各樣的人才。光樂隊就要十來人，各種樂器都要有人使用，合奏起來的效果才好。我經常看見拉胡琴的一停下來就撥弄三弦，吹鎖吶的可以吹笛子等等，好像每個人都身懷絕技似地，隨時都能應付各種狀況。

司鼓的文武場是指揮，我記得姓「查」，人高馬大，脾氣不小，對其他成員出錯，往往不給好臉色。敲鑼打鼓的很吵人，我也不想去記他們的姓，只有一位汪子懷伯伯打小鑼，因日後有機緣住得很近，始終不會忘掉他的大名。

汪伯伯戴眼鏡，身形瘦小，當時戴眼鏡的人不多，很好認。他敲鑼很認真，專注的神情彷彿和外界一點關聯都沒有。其他的樂隊成員來來去去，都不復記憶了。

演員中，唱花臉的是劉志發，個頭不大，結實精壯，嗓如洪鐘。最吸引我們注意的是男扮女裝的角色，那是李金河伯伯；其實，李金河在那個年代算是高大帥氣，西裝頭油亮得很，不知怎會扮演女性角色？直到日後看了四大名旦的照片後，才發覺李伯伯和他們長得一個樣。

當時，另一位有名的乾旦程景翔伯伯也常來劇社，和李金河同樣是很帥氣的男生。李伯伯對我們小孩子很好，不時拿些糖果給我們吃。他一直未婚也常到家裡走動，不過，儘管他演女生維妙維肖，當時，我從未將李伯伯當做女生來看。

．

李伯伯住在劇社內，當時的他好像是聯隊的士官長，另一位住在他隔壁房的是許伯伯，大名早已忘了，只知道所有的人都叫他「老許」。老許像是總管，很少看他唱或拉琴，倒是聲音滿場飛，不管是在劇社或是上臺公演，他的聲音緊扣著動作，讓「天馬」不致真的飛上了天。

老許伯伯是山東大漢，人高馬大卻不胖，聲音渾厚帶著山東腔，對我們也滿好，好像也是聯隊的士官長。菸抽的很兇，只要爸爸一到劇社，他馬上奉上菸，倆人就自顧自地抽將起來。

還有兩位和我們家關係很密切的人，都會在那裡穿梭招呼著，他們的任務是演出時的「檢場」角色。檢場是演戲時搬道具的人，角色不重卻需要「戲精」才能勝任；因為每齣戲演員上上下下，何時該有桌椅或何時要有物品在手，都要靠檢場的協助，所以，檢場是最重要的螺絲釘角色。

兩位檢場，一未婚一已婚，一胖一瘦，一黑一白，一多話一不言，真正絕配。未婚的是靳樹霖叔叔，是聯隊的士官長，瘦黑精壯，話講個不停，老媽封他個「話癆」之稱。談起任何東西，頭頭是道，很少有他不知道的東西。

靳叔叔做得一手好菜，始終未婚，爸爸徵得我姊姊同意認他為乾爹，他高興得不得了，對姊姊疼愛有加，也和我們家走得更近了。

由於母親生大哥時得了心臟病，每當犯病時，就由靳叔叔到家裡幫忙。幾乎一個多禮拜時間，他都要由住處騎腳踏車到我家照顧我們，洗衣、做飯，忙到晚上才再騎車回去。媽常對我們說要飲水思源，永遠不能忘了靳叔叔的這分情。

日後，我退伍返鄉，每月都要開車送爸爸去高雄榮總診治，就會繞到靳叔叔住處接他一起就診，那時他已中風不太能言語，我從他的眼神中看到的是感謝之意，我都會恭敬地扶著他，跟他說：「這是我應該做的，請不要放在心上。」我也常載爸爸去他住的地方為他打營養針，直到他離世為止。

這段軍官與士官融洽相處、感情濡沫的事，也在另一位檢場周清賀叔叔身上看得到。老媽也給周叔叔起了個綽號「啞吧」。周叔叔是聯隊的士官長，退役之後做旗袍，在水交社眷村頗為出名，也靠著他的巧手養活了一大家子「七仙女」。

周叔叔像彌勒佛般笑臉迎人，很少講話，和父親頗為投緣，常以義兄弟相稱，他所生女兒俱喊我父親為「大丈」。從小看病就直奔我家，父親所開之葯都能讓她們快速轉好，兩家人感情甚為融洽，只是周叔叔也已過世。

·

那時的劇隊在忠烈祠維持了多久，沒有印象，可能是我日漸長大，不再跟著爸媽去的緣故。只依稀知道忠烈祠拆遷，那裡蓋了一座室內籃球場，那是我高中時候的事。有次和同學一起入內打籃球，感覺新奇無比，因為我們從來都是在室外的水泥地上打球，能在室內地板上鬥牛，真是件新鮮事。

運動廠館剷平了忠烈祠記憶，而後市政府又把體育館拆了改建成地下停車場，只剩下國民黨市黨部所在的實踐堂和其旁一棟建物而已。民國八十七年我回到臺南市，二棟建物還在，實踐堂早已封閉，只供特定團體教學之用，其旁的二層樓建物則是「藝光國劇隊」租借使用。

我常開車載著父親每週六到劇社票戲。成員大都是上年紀的人，我都不認識，父親也從不說。外觀斑駁老舊的建物重複上演著各齣戲的片段，和其旁老榕樹下聽著歌仔戲的老人家，對照成趣，卻不干擾，而自得其樂。

劇社內廖秋碧阿姨常聽爸媽提起，是我比較知道的人物。她雖是本省人卻熱愛平劇，以老生戲為主，是臺灣少見本地坤生演員，嗓音圓潤著稱。兩岸開放後，廖阿姨至北京學戲，連獲幾項獎譽，可稱臺灣奇女子。而後因整修，劇社遷至社區活動中心，再遷回原址。

父親年逾八旬，耳背目不明，已不能票戲，母親則早離開了我們。每看著父親房中唱戲的照片，勾起我片段記憶：從「天馬」到「藝光」的歲月，是父親休閒娛樂的記憶，也是我思念母親、感懷童年的時刻。

之二　南空院的安平追想曲

從小在醫院旁邊長大，我對就醫仍十分敏感，有著「白袍恐懼症」，不知是天性如此，還是同化不夠？初次陪同早已退休、當時六十八歲的父親抽血，看父親不自主地抽搐，我為之疼惜並釋懷了——原來敏感是遺傳的體質啊！

我的父親是臺南空軍醫院醫官，最早是檢驗官，後升至檢驗科主任，再通過醫師特考，取得醫師執照後退伍，再回任醫院當醫師。

當時，醫院內為病患打針的風評，以我父親最為病人稱道。每次他都是細心而準確地讓病人不覺得針刺的痛苦，而我母親則是父親針下的受益者。母親患有心臟病，發病時要打「阿梭品」針時，都由父親操刀。那種針液打太慢沒有作用，病人可能心跳過快，而有死亡威脅；打太快的話，會使心臟強烈收縮而煞車，不再跳動。所以一般得受過專業訓練的醫師才敢操作，父親是當時臺南市夠資格打此針的唯二醫師。

這種擅於打針的表現，對醫師而言其實是牛刀小試。父親在臺南空軍醫院服務了三十年，口碑甚佳，不僅醫術精湛，也誠心待人，清正處事，和不少病患結為好友，傳為佳話。

·

我出生於臺南空軍醫院，由婦產科小魏醫官接生，同時的婦產科姚醫官是青年才俊。讀初中時，我迷上籃球，放假時幾乎都在醫院籃球場上，姚伯伯那時已發胖，笑臉迎人像彌勒佛似的，和我鬥牛奔喘噓噓，直說時光如梭，當初看著接生的小娃已然長大。

光陰流轉，臺南空軍醫院已然消失在府城的歷史中。當時的醫官多已離世，父親年過八十二歲之後也離開我們；生前聊到醫院往事，頗多懷念。

和多數大陸人一樣，我父親隨著爺爺輩在政府轉進來臺時，到了臺灣。那時，爺爺在空軍第二供應處任醫官，父親則在臺南聯隊任檢驗官。

上一代青年唸書是件極其辛苦的事。父親初唸小學即隨爺爺全家，跟著政府播遷抗戰而東奔西走，從江蘇鎮江而重慶再往成都，畢業於成都黃埔附屬中、小學，於成都景嶠醫訓班結業。勝利後即由成都再順江往東，經過家鄉到上海軍中任職，再到臺灣定居於臺南。

臺南空軍醫院的歷史我無從得之，父親則是在與母親婚後多年，升任檢驗科主任時，才獲配眷舍住到醫院旁邊。當時我僅三、四歲左右，應是民國四十八年前後的事。

臺南空軍醫院顧名思義是為空軍官兵醫療照護而設，但何以位於偏遠的安平路上，則不得而知；或許是該處原為日本軍隊的醫護單位，不過遠離了市區和軍事機構，始終令人費解。

那時的院區應算寬廣，安平路雖直通安平，但人煙只到此為止，再往安平走去兩旁盡是魚塭，只有一座靠得不遠的「臨海大飯店」，每到夜間有些燈紅酒綠的活動，其他地方則靜悄悄直達安平。

醫院正門像一般軍隊營區大門，有衛兵看守，卡車可直接開入內，繞一圓形小池，可將車停在左側的停車場。右側是附設民眾診療所，內有門診的各科診間。

由大門穿越小圓池，見到的日式建築則是醫院的主體建築物，為各科病房和手術室，是和風建築式樣。當時日治期間，大部分建物都採此型，現在整修過後的武德殿和醫院有些相似，大致可想像當時建物的形狀。只是進入其中，必先踏上十幾層階梯，才能到院長室及通達各病房，在全棟木質地板上走起路來喀喀聲響，則不知用意為何了。

主體建物之後，有些散建房舍和籃球場、花草樹木，以及燒水間、廚房、堆煤處。最特別的是最後一間水泥小房子是為太平間，有木板門和外面的馬路相通，馬路旁即為眷舍。我們年幼時一到晚上即不敢經過此處，尤其是天寒風高之際，真是一段恐怖的行路回憶。

我小時候常到醫院找父親。由於父親是小單位主管，警衛還頗有禮貌招呼我入內，而後直奔右邊民眾診療處，最裡面的一間就是檢驗科。檢驗科空間比其他科都要來得大，共有三個隔間，一間大的有五、六個人在作業，驗血驗尿驗糞便，一間小的作血液分析，機器聲嗡嗡作響，另一小間就是父親的辦公室。

當時的檢驗科人員老中青、男女皆有，大致是醫務士官轉調來此，今大多離世。我印象最深刻的是晏宗慧阿姨，常招呼我寫功課，還有臺大畢業的陳正炎預士；晏阿姨的姓很特別，先生姓酆，也不常見。陳正炎叔叔則是父親的高材生和得力助手，日後在本市開設遠東檢驗所，口碑甚佳，其子為婦產科醫師亦在府城開業，兩代行醫，濟世救人，傳為佳話。

我和鄰居玩伴常到後頭的籃球場活動，為嫌麻煩，常不走正門，而從堆煤處的邊門進出，若是門被鎖上，則攀牆後跳至煤堆依勢而下。有時管燒水和太平間的老士官看到後一路窮罵，待認得我是主任之子乃作罷。

籃球場是當時唯一的戶外運動場地，但和病房靠得滿近，為免干擾到病人，醫院只准下午四點以後才能打球。我常耐不住性子，和玩伴三點多即「潛入」球場投籃，老士官見狀即來驅趕。年少的我們常被迫離開又再回來，玩起捉迷藏遊戲，直到四點整才解禁。

當時打籃球的人老中青皆有，醫官、士官、學生上了場，身分都一樣，一球在手，其樂無窮。

小時候，我常和玩伴在院內草坪玩耍。而主建物既是日式建築，就是我們常見到的榻榻米為地板的高基座房子，因為是木條地板拼接，走起路來吱吱喀喀作響，加上地板每天都要清掃打腊，光可鑑人，行走其上，較之外面的碎石子路，感覺就是不一樣。

由於是醫院，通道相連，就是如今所說的「無障礙空間」，我們到這裡往往不是為了看病人，而是把此處當成溜滑梯場所，有時一路滑行，暢快無比，但若碰到大人來，就只有一溜煙跑掉為上。

這棟建物的外圍是草坪，記得有各類樹木和花卉，春夏期間花花綠綠，煞是好看。其實花草吸引不了我們的童心，引起我們注意的是高基座下層的整座方格。那個有著小板凳高的黑洞內，究竟藏了什麼祕密？那才是我們想知道的重點。

有些年齡稍大的鄰居會說裡面有鬼，嚇得我們不敢往內直視；也有人說裡面藏著槍，打仗的時候要拿出來用等等，總是各說各話，謎底始終無法解開。而小孩的好奇心驅使，愈是解不開的謎底就愈想解開，不過結局當然是一籌莫展，因為誰都不敢鑽進那四通八達的小洞內，只好任令傳言愈來愈離譜了。

另外一個傳說紛紜的是太平間，說者繪聲繪影，聽者蜷縮驚懼，到了晚上，在風大的安平外圍地區，稍有風吹草動，驚悚的故事迅即傳開。

父親當時是最年輕的主管，所以各科主任我都要喊「伯伯」，他們各有個性，常聽爸媽聊天時提到，所以多多少少曉得一些伯伯們的軼事。比如，外科譚主任體型微胖，在開刀房主刀時，護士要很注意替他擦汗，更要用心遞上器械，只要稍慢一些，譚主任就會伸腿踢人，不留神有可能下一個被開刀的就是護士。

從我懂事後，記得當時的院長姓高，是位看起來很和善的領導人，內科張主任、外科楊主任、婦產科張主任、眼科曹主任、耳鼻喉科于主任、放射科徐主任，都是好好先生，只要見了面就會摸摸我的頭，說胡主任的二兒子都長那麼大了，讓我很有些滿足感。

我和玩伴也常到醫院後方的水塘邊，看當地人撈「水漂」，就是池塘水上的綠色植物，說是給鴨子吃的飼料。「水漂」是臺語，我們不解其義，倒每是望見池塘上綠油油的一片，總覺得歡喜。這種水生植物長的很快，才撈過沒多久就又會長滿一池，給當地居民帶來不少賺外快的機會。

·

在空軍醫院任職的官士兵都有，只要結了婚、年資夠深，都能分配得到眷舍，眷舍位置依傍著醫院，和民居夾雜同住。

由於軍中有階級之分，眷舍也有分別，大致以軍官、士官和士兵為三大區塊，軍官住在院區左側後方坪數較大、有門戶的房子內，士官則住在左側前方靠安平路的小房子內，另一些士官和士兵則住在安平路對面靠近運河的區域。

軍官居住區大致上有五棟連結家屋的設計，一排可居住約五戶人家，都有前後院，空間甚大，只是鄰著小巷旁的太平間而居，對小孩來說有些不安，大人們倒若無其事，在醫院工作久了，早看慣生死之事，習以為常。

那一區全是主任和醫官的住所，唯一不住這個區塊的三家則住在士官區，只是和士官們不同的是住的房子有前後院、坪數也大，待遇和軍官區是一樣的。

我家就是其中之一。另兩家是放射科徐學讓主任，以及護理部黃寶珍主任。

我們這一區只有兩排對稱的房舍，中間只夠兩、三人擦身而行。一排是我家的三戶連結，另一排是士官五戶連結。而我們這一排有前後院，對面則無，可想像軍士官待遇之明顯不同。

其實，我們這三戶得天獨厚，靠安平路甚近，算是鄰路的第二排住家，不會太吵又無需每天經過太平間，我家還有一棵蓮霧樹，樹高足以遮蔭，算是很好的享受了。

從我們這二排連棟平房到後面軍官連棟平房，中間有四、五道巷弄都是民宅，民宅很大，三、二家為伴，屋主人也滿客氣，並不因我們是外省人而排斥。

這就是南空院「竹籬笆故事」的場景，只是眷舍分散、人數不多，加上房舍雖舊，卻都是以磚牆區隔，並沒有竹籬笆圍繞，氣勢上似乎弱了一些。不過，民國四十年代的軍眷吃苦耐勞，隨著軍人先生工作單位，而定居生活條件並不理想之地，則大致相同。

軍眷們和臺灣本地同胞一起創出了經濟奇蹟，則是彼此胼手胝足的印證。

我家是靠近安平路的第二排房舍，第一排房舍是民居，記憶中是本省人所開設的小麵攤和雜貨店。那時的店面也是平房，並無特殊之處；我們的父執輩雖是醫師，待遇較一般軍官為高，生活仍十分清苦，並不比本省同胞過得好；也或許是這個原因，彼此相處都很融洽，從來沒有因省籍不同而肇致衝突的事情。

當時安平路並不繁榮，路兩旁有不少空地，像我們眷舍之旁就有大塊空地，一遇雨即成池塘，我們就丟小石頭在水上掠過，成為小時候的一種遊戲。本省人的房子都很大，有的還是二層或三層樓建築，頗讓我們住平房遇雨即漏的眷村小孩羨慕不已。

·

民國六十一年安平路拓寬，我家的連棟眷舍遭到拆除，三戶全數搬遷，離開了充滿回憶的童年之地。我還常回對面眷舍找鄰居，當時我已是高中生，而後北上讀軍校，南空院眷舍久不復記憶了。

民國八十六年，我任職青年日報社出版部副主任兼主編，因負責多項專案任務，回臺南省親時累倒，住進位於大同路的空軍醫院。當時院內很少有國防部年輕上校住院，引起轟動。想起我出生於此又常進出醫院玩耍，四十年後卻在此住院治療，不覺莞爾。

退役返回臺南後，南空院併到別處，醫療機構改成防疫專責醫院，而後又廢棄不用，至於原安平路舊址則尚保存有當時大門及建物部分。每當我行經安平路及大同路時，各種回憶均會浮現腦際，像電影場景般迅速移動，感觸良多，畢竟那是各種成長過程與不能忘懷的老地方啊！

之三　想我眷村哥兒們

我從小在臺南空軍醫院長大，鄰居不多，玩伴也不多，算是一個不同於一般眷村的外省人居住地。不過，正因為具此條件，使得小時候的記憶一直存留甚久，即使年過五十好幾仍記憶猶新；年歲愈長，對往昔時光就愈懷念，只是不知這些人，如今都在做些什麼？

我住的「迷你」眷村，嚴格說來，只有八戶人家，其中軍官三戶、士官五戶，兩排連棟式的平房，以一條小巷道相隔。平房以磚造、灰瓦、水泥地、木板及甘蔗板為主體和隔間建材，通常都有小院子種些花草，內部不大，整體空間還算過得去。

所謂「迷你」，是因為當時空軍醫院眷舍分散，也未連結成村之故。我們和軍官眷舍相隔約一百公尺，但得經過隔鄰的太平間，很少有孩子會到那一區找玩伴。而另一區的士官兵眷舍則在安平路的另一邊，靠近運河，我們也不會過馬路跑到運河邊，遭致父母親的責罵。

所以，八戶人家緊密相連，成就了特殊的眷村型態。特殊的地方：一是軍士官在一起；一是本省人和外省人同住。

軍士官的眷舍在那個年代很少會劃分在一起，而且連棟的房舍何以會有不同格局，小時候的我，常因到對面家中而有些疑惑。只是那些並不重要，小孩們相處很歡樂，大人們也不計較，尤其是我母親和大家都熟；從小我們就沒有軍人的階級觀念！

不過，軍士官待遇畢竟有差別，我們這排是三位醫官主任級眷舍，同樣大小的對面一排則是五位士官眷舍，明顯地在居住環境上，軍官是要好上許多。

戰後播遷來臺的新一代，比起父執輩受過的顛沛流離，實屬幸運。

這批「戰後嬰兒潮」在生活不富裕的年代，隨著父母親過簡樸生活、受傳統國學教育而長大成人，歷經各種社會變遷和經濟改善腳步，將臺灣推向歷史高峰。儘管他們是後到的臺灣人，仍是經由這塊土地撫育滋長的樹苗，不僅是優秀的中華民國國民，更是值得尊敬的臺灣人。

從小，我們就沒有省籍觀念。眷舍內有一戶士官是本省人，和眷舍靠很近的安平路邊民宅也是本省人，和他們溝通除了有時要比手劃腳之外，完全沒有障礙。真不知日後所謂的「省籍情結」，從何而來？

我家在第一間，有一點前院，鋪了水泥地供曬衣、停腳踏車之用，進大門右邊是自建的廚房，小小的一間常有煤灰和油味。記憶所及，原是以煤油爐煮飯炒菜，後改用煤球引火種升火，直到民國六十年快搬離該地才有桶裝瓦斯出現。

舊時房屋都是洋灰地（即水泥地），客廳和房間以甘蔗板隔間，我家有三房一廳，供六個人住，並不算擁擠。隔鄰的放射科徐主任只有三個小孩，再過去的護理部黃主任也是三個小孩，想來比我們要住得寬敞。

倒是對面的五位士官，分配到的空間本就比我們為少，若孩子多，可運用的空間就少得可憐了。

當時物資條件甚差，孩童時期的食衣住行育樂是現在小孩很難想像的。吃的大米有蟲，每次洗米時都要抓蟲，我們倒是引以為樂，可是升火是件討厭的事，燃煤球的煙，往往薰得我們退避三舍。鄰居常會相互分送自家做的包子、饅頭等吃食，日子雖然清苦，融洽的感情卻十分緊密。

穿衣服是大傳小，若沒破就再送鄰居小的穿。那時教堂每在耶誕夜分送食物和衣物，我們跟著大人望彌撒之後就挑衣服穿，儘管不太合身也高興，畢竟大多是美國來的衣服。

安平路眷舍已快靠著安平，冬天風大寒冷，經常看到牆壁「長出」白茸茸的東西，爸媽管它叫霜；而夏天雖涼快，卻因房子小而覺得悶熱，我們三戶尚好，對面的五戶經常門戶洞開，穿堂風直入而出，也是環境使然。

．

這八戶人家小孩，年齡稍大的是在大陸出生的，有一男一女，男的是對面劉家的老大，小名就叫「大陸生」，體格壯碩，另一個是程家長女，名字叫程琪，長得標緻漂亮，我很少看見她，只知她在外地讀書，功課很好。

大陸生小時不愛讀書，常逞強鬥狠，很讓劉伯伯操心，加上母親早逝，他變得頑劣不堪，常與其他青少年發生衝突。記得我小時候，有次看到大陸生掛彩回來，甚是駭人，身上血跡斑斑，傷口處還不斷汩出血來，但他絲毫不在意，拿塊布擦一下就到隔壁就醫了。

劉伯伯是醫院駕駛班長，為一等一級士官長，每回救護車都由他駕駛，對大兒子的荒唐行為，常二話不說吊起來毒打一頓。只是打罵終究不是好方法，大陸生日後在一次械鬥中受傷頗重，從此發奮圖強，改變了一生。

大陸生的弟弟叫劉國祥，是我日後的學長，官拜陸軍上校退伍。劉國祥的小名叫「小陸生」，我想可能是對應大陸生而取，事實上他和我哥哥差不多大，鐵定是在臺灣出生。

小陸生才大我四、五歲，卻比我吃上好幾倍的苦。從小，他就知道家裡的苦，只要有空閒就打工賺錢。當我們暑假在家看四郎真平漫畫時，他頂著大太陽賣冰棒；當寒風刺骨的寒假時，他四處賣饅頭，直到考取了軍校，才不再看到他頎長的身影，出沒在狹長的巷弄間。

劉國祥的妹妹和我同齡，從小失去媽媽的她顯得格外成熟，也很奮發向上，靠打工苦讀向學，大學畢業後從基層做起，直至公司廠長，有著堅毅又堅強的個性。

她叫劉國珍，她的弟弟叫劉國安，是我軍校的學弟，也是我童年時的玩伴。我倆只差一歲，童年時光幾乎都「混」在一起，打彈珠、玩圓牌、打球，除了不會做壞事之外，比兄弟相處更親，只是他小時功課較差，每拿來和我相比，讓他吃了不少頓毒打。

記憶最深刻的是我倆長得又黑又瘦，有時會被誤認為是雙胞胎。我們常到醫院打桌球和籃球，劉伯伯很不願孩子到醫院，每次都是我作先鋒，從正門進入去打桌球，他跟在我後面，警衛看到我是主任的孩子就放行，他則一溜煙地跑進去。打籃球則是從後門的圍牆攀爬進去，他的動作很快，一下就爬到牆頭，看著氣喘吁吁的我，伸手就把我拉上了牆頭。

劉國安的運動細胞比我強，下棋則和我平分秋色，差滿多的是功課。小學起，他的功課就不好，成績單發下來往往「滿江紅」，少不得慘遭劉伯伯的毒打。高中時我搬離眷舍，而後進入政戰學校就讀，隔了一年，他也進入學校，在復興崗見到他，他舉手敬禮喊我學長時，訝異和驚喜讓我淚流滿面。

畢業後，我們未曾見過面，我學新聞分到空軍，他習政治分派海軍，直到十幾年後在臺北車站不期而遇，才知他早完成在日本筑波大學碩士學業，於海軍總部任職，真是高興得說不出話來。

該晚，我們從車站走到我位於信義路的辦公室互訴別後情景，看著中正紀念堂迷人的夜景，我幾度語塞；歷經各種成長磨練的我，勾起純真年少往事，眼早矇矓了。

劉家位於對面的最後一家，和我家關係最好；這應該緣於母親的慈心和愛意。我家兄弟姊妹和他們都成為好友，媽媽常編些理由送點用的和吃的東西去，劉伯伯做了饅頭也一定會送來，當時很少有軍官和士官家屬如此親密，但我們倆家卻極自然相處；而我母親和其他家的眷屬一樣處得融洽愉快。

劉家往前一戶姓宮，只有一子名宮寶安，聽說是宮伯伯夫婦領養的小孩。宮寶安很聰明，比我大二歲，很少和我玩在一塊，高中就讀臺南二中，和他家隔壁的袁達同年齡，而袁達功課稍差，初中時就去唸陸軍預備班。這兩位哥哥日後如何都不得而知。

袁達是由袁奶奶一手帶大。袁奶奶和醫院是何關係，我則不知。我常到袁家，家裡空間雖不大，卻是乾淨整潔，袁奶奶和我奶奶一樣都是傳統婦女的樣子，穿著素雅旗袍，講話溫柔，對我們很好，常請我們吃東西。我印象最深刻的是她家有一煤油爐，可調動火力大小，感覺很新奇。

袁家再過來就是唯一本省籍士官的家，那是醫院的理髮師傅。早記不得他們的姓，只知道家中孩子頗多，一個個比我黑、比我胖，每次我媽都說我像對門的孩子，可就是最不能吃的那個。

另一個對門的和我們同姓，胡伯伯長得高壯微胖，胡媽媽能幹得很，家中有四姊妹和最小的一個兒子，由於女性居多，兒子年齡和我差一大截，自是無從交往。

我家隔鄰是放射線科徐學讓主任一家。大女兒和我姊姊同齡，大兒子小我一歲，小兒子小我四歲，徐媽媽是護理長。

徐伯伯戴重度近視眼鏡，看起來就像老學究，徐媽媽端莊漂亮，徐姊姊和我姊姊是村子裡的美女，大兒子則有些智能稍不足，從小叫他「傻瓜」，他並不以為意，沒想到長大後竟做出自裁的傻事，令人惋惜。他的弟弟很聰明，清華大學畢業，是村子裡唸書最好的一個。

徐家隔鄰是程家，程重民伯伯好像是在稅捐處上班，是村子裡唯一不是軍職的家長，而眷舍的分配是女主人黃寶珍的權利，她是醫院護理部主任。程家小孩年齡都大，除程琪日後定居美國外，有一對兄弟程康、程泰，程泰和我哥同齡。由於程伯伯管教甚嚴，常聽到兩兄弟被體罰的聲音，令我們小孩子不寒而慄。

八戶人家組構了獨一無二的眷村，在臺灣眷村史上是個特例，尤其軍士官雜處能和樂安祥、相互協助之例，恐也是空前絕後。民國六十年前後，這批眷戶首遭馬路拓寬而夷平之事，帶給眷戶們深沉的懷念。

眷村裡的家長們隨著歲月洪流沖淘，幾全數離世，孩子們陸續長大，往各行各業發展，能承繼父業從軍者，除袁達不知前程如何外，劉家二兄和小弟以及我都自政戰學校畢業，官拜陸、海、空軍上校退伍。無愧無怍，奉獻軍旅，一如我們的父執輩，毋忝所生，為所當為。

馬路拓寬了，醫院搬遷了，生長的地方不見了，但記憶仍深深牢固於此。安平路——一個極其美妙的地名，孕育著我們長大、庇佑著我們成人的路名，將常駐在心，永念於茲。

之四　粼粼運河水　悠悠鐵房情

臺南府城古蹟林立，見證多少人事興衰、物換星移，為文化積澱留下底蘊。其中，未具古蹟光環的運河，在運輸功能和經貿發展上，不遑多讓於各類古蹟群，卻抵不過歲月沖刷而露出疲態，是為在「文化府城」的營造中，難登大雅之堂。

我每在經過安平路時，思想起運河種種，為運河的生命旅程，投以關懷之情。原因是我出生於其畔，也近距離地共度一年時光，對運河的味道、風情，有著濃濃的懷想。

·

運河，顧名思義為人工開鑿的河道，為便利運輸之用。古來，大運河連貫南北、暢通水道，利益生民；而臺南運河昔日暢旺民生，同樣載在史冊。只是，運河不再舟楫往來，互通有無，淪為固定龍舟競渡之處，則有些難堪了。

安平運河的挖通，為日治時期以人工開鑿而成，流水悠悠，承載著多少春秋往事。國共內戰後，有一群大陸籍異鄉人來到其旁生活，映著潮來潮往，爬梳生活流光，直到居住的鐵房拆除，才結束那段與河對話的過程。

原本運河旁也有民居，大多獨門獨院，承繼祖業生活著；唯一多戶雜處，且同居一個屋簷下的，只有「大鐵房」兩座而已。那時，安平路的人煙只到臺南空軍醫院附近，以下兩旁盡為魚塭，大鐵房在醫院前不遠處，地標鮮明，忠實地記載著人來人往的軌跡。

大鐵房是我們給的稱號，就是大型的鐵皮屋。建於何時？是為何用？恐無人知曉，倒是內部作了簡單隔間後，供給來臺的軍眷居住，解決民生問題，在當時應列首功。

這群隨政府及軍隊來的「外省人」，依傍著不算清澈的運河而居，甘心認命，沒有怨懟，將孩子拉拔長大，為臺灣貢獻己力。這段歷程為臺灣整體奮鬥故事中的一環，則有待記錄，踵事增華。

流光匆匆，年華易逝。運河水運功能沒落，填平盲段；大鐵房因開通道路被夷平，兩者隨時代更迭完成階段性任務，令人讚歎。而今運河水流如昔，沿岸遍植花草，增添勝景，高樓聳立，益臻繁榮，這是社會進步的表徵，往昔大鐵房與運河的古早事，已被收藏於歷史卷軸中，也不禁令人懷想。

大鐵房和臺南空軍醫院相距不遠，可能是便於軍眷就診的需求。儘管和我們住的醫院宿舍只隔條安平路一小段，小時候的我卻很少到大鐵房，一方面那邊沒有同齡的朋友，另一方面爸媽都告誡我們那兒離運河近，少去為妙。

印象中到大鐵房是看划龍舟比賽，岸邊擠滿了人，我的個兒矮，根本看不到什麼名堂。

媽媽倒是常去，主要是打牌。當時的軍眷生活很苦，唯一的娛樂是打麻將。醫院眷屬大多是護士或員工，像我媽這種全職家庭主婦的很少，正好大鐵房有幾家和我家很熟，除了上午做家庭代工外，下午午休後就是她們打麻將的一點點時間。輸贏不多，主要是藉打個小牌抒緩生活壓力。

我去大鐵房的時間都是下課後，順道和媽媽一起回家煮飯。小時候覺得那座建物像演義中描述的山寨，有兩座大門出入，中間走道直通後門。如果前後門都打開，「穿堂風」的威力還真不小，只是他們很少這樣做，不太明亮的走道透著些微的光，有時，我還真不敢穿過後門去叫媽媽回家。

兩棟鐵皮房子、四排住家，住了多少戶，我未細算，依走過的經驗，一排大約六、七戶，可能有三十戶左右。每間「屋中房」不大又暗的很，那時節約成習，白天很少開燈，沒人知道哪家在做什麼！

安平路拓寬的那年，大概在民國六十年左右，我們宿舍被拆，幸得大鐵房朋友義助，譚大媽家騰出一個房間供我們孩子住，解決了一整年的住宿問題，也得以讓我了解到大鐵房的生活風情。

這段交情是媽媽建立的，當然也和祖父母和他們相識、父親待人親切有關。那時拆屋在即，我家申請分配眷舍受阻，只好自找空置眷地起造房舍，不但需時費錢，還要解決一家六口居住問題，搬遷至大鐵房讓我家省下不少經費。「受人點滴，當湧泉以報。」這段恩情，母親常對我們提及。

當時，軍眷住得克難是常事。祖父母初來臺南住在成功路三老爺宮內廢棄屋中，爸媽成親就以喜幛作隔間，好些年後才分配到眷舍。往後每年三老爺誕辰時，我們都和當時擠在一起的幾家後人到廟內參拜奉獻，以續飲水思源，直到如今。

搬家到大鐵房，我和哥哥、姊姊、妹妹只有衣物和書包，四個人擠在譚大媽家前廳，上下舖兩張，外加一張書桌，就僅剩迴轉之地了，爸媽則住在對面汪家小房間。譚大媽南京人，兒女均在外地求學或上班，家中房間有空，汪伯伯是爸爸劇隊好友，汪媽媽則在醫院服務。他們的恩情，迅即解決了我家難題。

一家六口散在兩家，只隔二、三人並列的走道，有時晚間連對家睡眠的打呼聲都聽得清楚，真正是相濡以沫了。

生活的不便是鐵房內只有電而無水，用水得到外頭的水龍頭接水倒進自家水缸內使用。早上起床，到河邊刷牙洗臉，晚上回來則舀水到大鋁盆洗澡，夏天還好，冬天要先燒水再摻冷水，快速完成，還要求隱蔽，對女生是個考驗。

．

住在鐵皮蓋的房子裡，想當然和磚蓋的房子不同，首先是「冬冷夏熱」。當北風呼嘯而至時，儘管房子裡人多勢眾，仍難敵寒冬侵擾。

安平路離安平海邊還有好長一段路，但海風似乎竄得特別兇，冬天鐵房內前後門緊閉，還是聽得到呼嘯聲；只不過，人與人靠的近，那種溫暖的感覺特別美好。到了夏天，鐵皮屋內的我們就像蒸籠裡的包子，熱氣蒸騰不說，也由於人與人挨得近，那種味道著實令人吃不消。

最難過的是下雨天，鐵房內到處漏水，到處是接水的臉盆。晚上就寢伴著各種滴答聲入眠，如果怕吵的話，鐵定失眠，還要忍受身上黏膩的感覺，真是苦不堪言。

還有一項奇景是落雨前的飛蟻來攪局。只要黃昏之後，鐵房內看到飛蟻行蹤，肯定是個下雨天，各家除了趕緊掛起蚊帳抗蟻外，還用大小水盆裝些水擺置在走道。等電燈亮起，屋內到處都是飛蟻撲燈墜落水盆的景況，不消幾十分鐘，蟻屍聚滿一盆，倒出後再擺上，直到雨勢漸大，飛蟻影杳，就接著盛漏水，滴滴咚咚過一晚。

如廁也是一項重要卻尷尬的事。鐵房內無廁所，也不可能有此設備，所以各顯神通，通常各家都備有「馬桶」，有些是木製，也有的是搪瓷，一大早由媽媽們拿到後頭的運河清洗，大家習以為常，就無所謂污染不污染了。

馬桶樣式不少，可能也沒人在意，倒是常爺爺每天準時提個油漆罐到運河邊刷洗，常引起小孩子的好奇；因為油漆罐能便利「方便」，在那個年代也算少見多怪！

・

臺南運河算是臺南人的「母親之河」，在那個年代不少物資都要靠水運輸送，所以人工開鑿的運河，雖比不上天然溪流承載著住民的感情與生活，對沿岸居民來說，仍是生命中不可或缺的一部分。

大鐵房正好位於安平路與運河之間，數十戶從大陸各地來的居民，依水而傍，生活數十年之久；即便是命運使然，此種機緣也是「正港」臺南人所難能經歷！

早期的臺南運河只是一條人工水道而已，大鐵房所在位置，東望靠中正路盲段部位，西看筆直通往海邊，兩邊皆卵石築堤，高於水面約半人。此處開一緩坡約十多公尺，不知作用為何？倒是利於此處居民刷洗馬桶，或親近看水湧來去，打發時間。

小時候我很少到此處，因為大人總會恫嚇小孩不要靠水，以免被水鬼捉去，我也不會游泳，見水多少有些畏懼。高中時搬到大鐵房一年，水邊景致倒成了休閒之地。

早晨，有時會到運河邊刷牙，大人小孩各據一方，大部分都在緩坡附近，但見晨曦初現，金光遍灑河面，帶著鹹味的風徐徐吹來，頓覺神清氣爽。眷舍小孩起得早，幼童都喜在緩坡與河水浪潮上下追逐，顯得童真有趣。

週六和週日則可享有黃昏落日之美。有些伯伯會拿出椅子兀自坐著，我們則喜歡看石縫中的海蟑螂出沒其間，此時，漁船大多返航，馬達聲和排出的黑煙一路相隨，伴著餘暉回家，河面因船行之故激起漣漪，一圈圈由小而大盪向岸邊。

堤防擋住河水，水又回波，兩相交織，經黃光照射，波光粼粼，似乎隨汽笛聲起舞。緩坡則可看些小魚蟹類迴遊其中，小湧潮起潮落，靜下心來還可聽得到水流聲音，彷彿可洗滌一週來的疲憊。

我每看著船家收帆、唱歌、揚笛聲不斷，心中也和他們一樣漾著歡笑，畢竟日子要過，有了成長或收穫，歡愉之聲隨風飄揚，自是痛快！隨著漁船身影拉長，直到夜幕將闔，我才會回到鐵房。

有時候，運河挺熱鬧，大部分都是舉辦龍舟賽。兩岸堤防上坐滿了人，小販到處吆喝，我們反而很少出門，大鐵房的後門通常鎖上，防止閒雜小人趁機行竊，我們只在屋內或在鐵房前，聽著鑼鼓喧天，人聲鼎沸。

・

大鐵房住的人，大陸各省籍都有，南腔北調、風俗各異，職業雖都是軍人也有職務上的不同，軍眷兼職的不少，卻統統生活在一起、吃喝在一起，雖難免有些爭執，卻絕大多數容忍相安，並能互助合作，是為值得書寫的一段流光履痕。

我住的第一棟人家較熟識，第二棟則完全陌生，只知道人種複雜、籍貫更異，有來自新疆的朋友，俱黃頭髮、白皮膚；有來自蒙古的勇士，長得虎背熊腰；也有中原各省人士，宛如聯合國一般，通行的語言卻是四川話，可能不是四川人居多之故，而是這種語言較易上口，外省二代幾乎都能操此音。

第一棟分兩排，面對鐵房右手第一家是常家，小孩都比我們大，大女兒名喚友友，頗覺新奇，後來知名的提琴家馬友友出現報端時，覺得此名更有意思。

第二家是汪家，爸媽就在他家打尖。汪伯伯是爸票戲老友，汪媽媽是本省人在醫院與爸爸有同事之誼，標準的蕃薯和芋頭結成連理，非常和睦，小孩都比我們小一些。

第三家是吳家。家中全是女孩，清秀端莊，他家的親戚嫁給鄭豐喜先生，是《汪洋中的一條船》作者，當時造成轟動。再過去的幾家就不熟了。

左手邊第一家是陶家，陶爺爺和我爺爺是同事，年歲較小，稱呼我父母親為「大少爺、大少奶奶」，乃係尊稱，與我家過從甚密。陶奶奶福態，笑口迎人，常招呼我們入內吃東西，陶家只有一子，數代單傳，青少年時歌喉甚佳，謝雷、青山、余天之歌朗朗上口，維妙維肖，常令我們聽得著迷。

陶奶奶為人大方且精明，母親遇有困難即前往請求紓困，每能迎刃而解，故常告訴我們以陶奶奶為待人處事之榜樣。下一間是譚家，我們小孩就睡在他家前廳。譚奶奶南京人亦好客，勤勞儉樸，義助我家，終生難忘。以下幾家不復記憶矣。

大鐵房內的住民，很認命地住在窄促空間內，大家默默生活、靜靜作息，只聞問候聲和腳步聲，很少聽到吵架或有爭執。大人小孩俱早出晚歸，只有媽媽們整理家務兼做家庭手工，並且合力將鐵房打掃得清潔有序，讓這個特殊的「竹籬笆」內充滿春天的氣息。

在鐵房內，只有逢年過節才會熱鬧起來。每家狹小門框上總要見紅見喜，將幽暗鐵房妝點得生氣十足，各種節慶的各省美食或習俗，也總能在處處斑駁的鐵房內重現生機。

因著鐵房內的人，中華俗文化被傳承與遞嬗著。

·

大鐵房拆除是在我北上讀書之後了，運河盲段亦在我工作十幾年後填平，而今重回記憶之地，已不復見昔日之景。

運河之水潮來潮往，人事變動早已滄海桑田，那時的生活雖是清苦不便，現在回想起來仍有一股甜蜜滋味上心頭，畢竟那是生養我們的泥土和水啊！

之五　新町·幫派·夢

民國六十年左右，我已是慘綠少年。臺南府城發展頗具規模，工商繁榮，生活富足，不少繁華之後的「傳統」行業水漲船高，雖限於禮教拘束不得聲張，卻是大興旗鼓，見證了經濟熱絡後的景象。最鮮明的就是色情業。

色情業的存在和人類一樣古老，舊時代的人很難揭開那層面紗，一窺究竟，青少年則是充滿著好奇，卻又不敢張揚地自我幻想，藉著道聽途說編織著「青春的夢」。

青少年還有一項血氣方剛的「產品」，便是逞強鬥狠，好出鋒頭。正好外省眷村內帶來了幫派之風，於是常會加入其內，以「英雄」分子自居，幻想著在武林中闖蕩，結果仍是一場夢，是為最早的「春秋大夢」。

·

早在懂事時就聽過酒女之類的事，通常這種事跟本不需要偷聽或打探，只要青少年聚在一塊，自然就會有傳聞，盡收耳內。

我住的空軍醫院眷舍和民居很近，嚴格來說不屬眷舍型態，竹籬笆只是各家的圍牆，圈住了自己，圈不住牆外的任何動靜。離我們不遠的一棟二層樓房女主人，聽說是做酒家出身，小孩子都這樣傳著。

當時住二層樓洋房，代表著家境富裕，但落腳在安平路巷內，則不欲引人注目，自有原因。我們讀小學時，下午寫完功課後就到處亂逛，經常可以看到那棟樓的女主人在外活動，穿件睡衣，臉上塗脂抹粉，或只坐著吹風休息，或洗曬衣服，或烤烏魚子之類的東西，無視於我們小孩子的鬧囂。

聽說這樣的女人都是傍晚之後上班，一直到半夜才回家。媽媽們常管制我們小男生去那一帶玩耍，但好奇心趨使我們總要一窺究竟。

那個女人的妝扮都和媽媽們不一樣，除了胭脂外，手指和腳趾上塗著紅色蔻丹，穿的衣服也都不同。有時，頑皮的鄰居小孩會跑到她家邊上，隔著玻璃窗看裡面的情形，再告訴我們所聽所聞。焦點都在那個女人身上，我們也樂於聽同伴瞎扯，擁著好夢入眠。

她家有個阿婆，就像一般常見到的臺灣阿婆一樣，只是走路有些駝背，通常只在她家門前活動，聽說這個女人為了照顧她母親才去「上班」，為從事「特種行業」，找到一個合理的藉口。

事實如何，無人知曉。我家有一相識多年的外省朋友，家中有一女亦從事陪酒工作，這位阿姨對我們挺好，常請我們吃外國糖果，也很和氣，但我看得出來她化妝下的姣好面容，其實帶著些寒霜。依小孩子的推測，應是受到眾人奇特眼光所致。

一個女子從事這樣的行業，在保守年代易致背後非議，可想而知；但若沒有需求，何來供給者呢？這是長大後的體悟，即便在生活困苦的時代，仍然有些事情超乎我們想像。

·

當時臺南的紅燈區喚做「新町」，可想而知是從日本治臺時代即有的稱謂。新町位在中正路底運河邊的區域，我家住安平路，不少小學同學就住那附近，有時要到同學家玩，媽媽就會告訴我們別亂走，免得被抓到妓女戶賣掉，所以童年記憶中，新町是個危險區，能不去儘量不要去。

上了初中，每天我都要騎腳踏車和住在運河邊的同學林毓汀一起上學，走的是中正路和西門路，回家時則有多條路徑供選擇，我牢記媽媽的叮嚀，幾乎沒有走過新町前的那條街。

有次，陪同一位住在那附近的同學一起回家，就不得不「深入虎穴」一番。

．

將近入夜光景，晚霞將中正路灑下偏紅紗幕，路底的運河水波漾漾，閃著片片如魚鱗般的銀光，三角碑石和圍欄陰影被拉得好長。這條最熱鬧的街市開始有些霓虹燈閃爍著，彷彿迎接著華燈初上的另一類客人。

我和同學轉入街道巷內之後，和他道別，再快速騎離該地。好奇心的驅使，只能用眼睛餘光瞟一下所謂「新町」風情。

那時「紅燈戶」印象全由同學瞎掰，感覺上是有妖嬌女郎強拉客人入內之舉，結果並不如此。店面是有些紅色燈光裝飾，卻少見胭脂滿面的女人拉客，許是尚未營業之故。不過，在天色漸暗之時，還是可瞧見不少男人在此遊走，比起一般街道，還算熱鬧。

在新町沒見著多少打扮妖艷的女子，倒常看到三三兩兩身材壯碩的男人或坐或抽菸，臉都帶些狠勁，也就是各家的保鏢之類人物。我不待思索，飛奔而去，探秘之行差點嚇破了膽。

其實，老行業不只存於新町地帶，通常旅館也是常見之處。高中時，有位同學住在「華洲大飯店」隔壁，我們去他家玩的時候最愛往四樓跑，因為居高臨下，有時可看到些意外驚奇，算是高中時代的一段荒唐趣事了。

．

青少年血氣方剛，除了「色」、「情」之外，就是暴力相向。情色很隱藏，當時民風保守，「情」除了少數心理發展逾常的同學外，幾乎無人可碰，「色」則到處流竄，只要不被老師或教官抓到即可，也頂多是看一張二張裸女照而已，真要有所行動，可是登天之事。

打架則稀鬆平常了些。小學時住在空軍醫院宿舍，鄰居劉家老大「大陸生」逞強鬥狠，在醫院小孩中屬第一，他自稱是「血龍幫」的壇主，扮起除奸懲惡的角色，書不好好唸，整天打架滋事，把劉伯伯氣壞了。

大陸生倒是一點都不「改過」，沒事就和「本省掛」打成一團。我小四時，有次看他一身鮮血從村外的水塘邊回家，結實的肌肉上有幾處刀痕猶在淌血，他完全不在意，拿布往身上擦了擦就到醫院縫傷口了。

等我上了初中、高中，慢慢知道眷村內有人混幫派，男的是血龍各堂口，女的是血鳳各堂口，都有職務名稱，儼然是一種黑社會組織。除極少數愛炫的人動不動搬出這個名號外，大部分的人都三緘其口，只接受單向召喚，至於從事什麼事情，我們外人只知打架滋事，其餘一概不理。

離我們宿舍不遠的大鐵房，住了來自大陸各地的軍眷，幫派分子頗為複雜，有時集體行動，當然讓本省青少年看了眼紅，難怪會有衝突發生。

當時就讀「南水」和「南英」的學生經常會有爭執，而讀郊區學校的「新化農工」和「臺南高農」也常因坐車和爭風吃醋，大打出手，成為一種校際間的醜態。

幫派的秘密除非入列，否則無從可知，唯流言不斷，繪聲繪影，藏不住任何東西，但可信度卻極低。其實都是些大家知道的事，比如說：要按資排輩、要歃血為盟，要遵誓約……，否則處分嚴厲，只是，真正入幫結社的少，大部分都是跟著閧鬧而已。

爭鬥則是常有之事，尤其校際間的衝突時有所聞，衝突之因，無非是搶佔地盤、為女同學爭風吃醋等事，只是架一打完即散，有時遭到記過處分的反而不是當事者，而是愛湊熱鬧的倒楣鬼。

通常，真正加入幫派的同學很少夸夸其談，且遇事沉著冷靜，除非和他深交否則不會知道一點蛛絲馬跡，大多數都以其名號為炫耀，說得煞有介事，可是一遇到事情，首先開溜的就是那些人。

混幫派究竟是想出鋒頭、從中獲利、心理因素？對我們這群「乖孩子」來說，簡直無法想像。而當時又把這類同學歸於學業很差的一群，更加深了他們反叛現實和逞凶鬥狠的意念；其實，青少年血氣方剛，沒有正當的管道紓發壓力或情緒，組幫結社就成了另類管道了。

事實上，入幫結社的規矩甚多，且不能隨意透露，否則極易惹來麻煩。我退役後返回臺南陪侍父母，有次父親欲言又止地告訴我一件事，就是他和多年好友義結金蘭，卻又怕日後對我們家族有所不利；當時我即稟告父親：只要行事端正，沒有可資恐懼之事。

我相信父親一生清白為人、誠懇做事，和好朋友立盟誓約並不是什麼大不了的事，也不會因為如此，就容易惹禍上身。我父親見我如此說，即不再說些什麼。

而後，在臺南報章雜誌上看到不少有關結幫之事的報導，我才知道父親的結義大哥戴為岩是青幫的領導者，難怪父親有些惴惴不安；畢竟幫派對我們這些小老百姓而言，是何等遙遠啊！

我不想深問其事，只知父親和戴伯伯為老友，就讓他們守著這秘密吧。

·

到了做夢的年齡，雖然考試壓力甚大，但大部分都是指功課頂尖的同學而已，那時大學聯考的錄取率只有十趴多一些，大部分學生想的不是不斷重考就是準備就業，哪有什麼夢可做，只有各得其樂，才能暫時忘掉不能成為大學生的無奈和無情之處。

通常在高中階段，外省同學較開放，勇於嘗試不少「體制外」的事，辦舞會為其一。記得眷村內辦舞會不是什麼新鮮事，參加的大多是外省同學，只是住的村子不同而已，本省同學很少參與，一方面較保守，二方面語言有異，容易起衝突，所以眷村的小孩自得其樂，算是紓解壓力的一種方式。

我當時住在「水交社」眷村，有次和同村的好同學老鐵等人，跑到別的村子參加舞會，我根本不會跳舞，硬被拉去充數，坐在場子裡看大家玩得開心，也稍解愁悶之苦。

那時候，玩樂到一半音響出毛病，老鐵要我去別處拿音響，由我騎車載他前往。我並無騎機車經驗，但被拱出這趟任務，只好硬著頭皮裝帥，載著老鐵走小東路往南，幾次都因排檔不順險些滑倒，卻還是順利換到音響，讓舞會持續歡樂下去，這可是我冒著生命危險所完成的「不可能的任務」。

我們外省小孩也喜歡玩樂器，正好幾個志同道合的同學湊在一起組成一個熱音團，還取了個名字「陽波合唱團」，獲准在第八節課後可在中正堂練習，羨煞眾同學。樂團的魅力真不小，在學校開了二次演奏會，座無虛席，實現了我們歡唱青春的夢想。

在考試的壓力之中，我們有了紓緩之道，雖稱不上是什麼高級的夢想，卻也扎實地行過幾里青春路，是為「人不輕狂枉少年」的印記了。

．

最繁華的街道，總留有人性原始衝動的風華地；最該受教的孩子，總抱著行俠之義行打鬥之實。無論是被歸類於乖孩子或是壞孩子，都會有一個難忘的青春行路。當時被視為離經叛道的色、鬥與不務正業，於今早不成話題，是時代使然，也可能是必經之路，只是不再被人強烈提起。

我和這些志同道合的同學，經過一番努力，大多選擇軍校就讀，四年的磨練讓我們脫胎換骨，成了保家衛國的先鋒，也真是始料未及啊！

之六　明德感恩　輝映榮光

臺南市南區明德里是一處人文資產豐美的地區，「水交社」是她的舊名，住著一群來自中國大陸各省的移民，共同築起斯土斯民的濃厚情感和休戚與共的生命情誼。

他們走過風雨，參與建設，堅守崗位，奉獻心力。這份牢固的「革命情感」，隨著眷村改建的步伐走入歷史；不過，歷史不能遺忘的是，他們在此地書寫過往的實錄，是如此地令人驚艷和珍惜！

竹籬笆裡的春天，蘊涵著水乳交融的能量，以及關懷互助的倚靠。透過我們尚能尋覓得到的蛛絲馬跡，為這個曾經美麗多情、和樂交融的社區，留下永恆注腳，並緬懷前人走過的足跡，奮勵以成，再造另一個「水交社」風情。

・

這波已不知是多少回，來到臺灣的唐山子民，因著臺南軍用機場和各單位進駐的機緣，住進了這處在日治時代被稱做「水交社」的地方。

他們其實和先來到此地的住民一樣，逐漸在此地生根茁壯。儘管抗戰的記憶未遠，這些飽受戰火之苦的軍人們，卻未排斥這樣的地名，他們認同了這個地方，使用了這樣的名字，讓這塊滋養生息的地方，不因戰爭的因素失去了對人性的尊重。

「水交社」於是成為大家共同的記憶，即使日後成立了「興中社區」，又更迭為「明德里社區」，人們仍習慣以此名之，代表著對這塊土地的熱愛。

事實上，早在清朝時期，此地就已形成「庄」的聚落，是府城南門外的一處高地，形似一個倒覆的淺盤，俗稱「通盤淺」，是當時市區內最高的地方。

或許位於高處的緣故，此地即為府城墓葬之地，故明清時代稱為「鬼子山」，人跡罕至。到了日治時期，官方在此營建大批官舍，官民群聚，荒蕪之地重生，該處始褪去惡名，日漸繁榮。

民國三十八年政府遷臺，空軍及其後的大陳義胞、警察單位接管此地，成立「志開新村」、「博愛新村」、「警察新村」等組織，胼手胝足，重建家園。「水交社」即成為臺南市諸多眷村的代表村落，營造出樸實雅致、整潔有序的樣貌，為各界稱道。

其實，「水交社眷村」社區營造的成功，有其各種條件的配合所致。先天的房舍、綠地規劃得宜，使得區域內景觀自然優美，在都市化逐漸擁塞的空間中，顯得得天獨厚，在社區總體營造上的景觀和綠地表現，已佔得先機。

其次，是後天條件的自立自強、住民意識濃烈有關。該處為軍官、義胞、警察的眷舍，住民教育水準頗高，較為注重居家生活品質和公共空間的用心維護，使得社區內外整潔，進而發展出優質的生活型態和有特色的飲食文化，在府城遠近馳名。

更值得一提的是，本區域自然景觀的豐富以及教育資源的豐美，成就了她的美名，包括日式房舍建築構造、樹種物種的多樣性、志開國小的各類社團表演、活動中心的各種班隊研習等，為府城多了一處花園景觀社區，也為臺南市打開一處社區營造模範的大門。

·

來自各省的移民，南腔北調，生活習慣各異，卻能融洽相處，和諧共生，這股力量是值得探究的，也是社區能發展奮進的主要力量。

一個是具有「命運共同體」的認知；一個是相互體諒、容忍尊重的體現；一個是薪火相傳、相濡以沫的能量。

命運共同體對歷經戰爭洗禮的人，最是感受深刻。因為他們知道「退此一步即無死所」、「覆巢之下無完卵」的道理，來到臺灣這處最後安身立命的所在，他們要珍惜相處的時光；國家的命運和家庭、自己的命運是結合在一起的，他們再也禁不起離家逃難的顛沛流離之痛。

所以，在這裡呈現的是另一種「人無分男女老幼、地無分東西南北」的緊密結合。再陌生的言語都能以微笑溝通，再不同的習慣也能用愛心包容，就這樣在村子裡，大家關心彼此，守望相助，讓「水交社」的美名傳揚於府城。

這樣的過程需要時間的洗禮，更需要人際間的信任，才能竟其全功。

這裡的眷戶用勤懇的態度、樸實的習慣，熱心待人，誠心做事，為社區奉獻自己的力量。因此，佔地寬廣的社區常保整潔，綠樹遮蔭，花木向陽，居民和諧共處。平日家庭互相關照，假日聚集活動中心，唱歌習舞，讀書看報，各得其樂，成為臺南市區一處特殊的幽靜清雅社區。

以往，軍眷們生活清苦，卻頗安貧樂道，隨遇而安，有時做些家庭代工貼補家用，三五媽媽們聚在一家邊做邊聊，甘苦共嘗。等到臺灣經濟起飛，軍人待遇獲得改善後，就專注於教育下一代，把房舍再予修整，讓我們的家深耕在此處，為中華民國的生存共同打拚。

這種基於共同信念的堅持和努力，可以說就是眷村文化的表徵：相互忍讓、相互扶持，有喜同樂，有難同擔，把黃埔血脈一肩扛起，教忠教孝，再造一個光明的年代。

．

每個年代都有磨滅不掉的記憶，也有揮散不去的光彩。六十年流光催人老，一甲子歲月情義長。所有住過水交社眷村的人們，都曾擁有一段溫馨和樂以及共榮共生的回憶。

首先是空軍英雄志士的事蹟傳頌心中。「志開新村」、「志開國小」是以周志開志士之名成立，永誌空軍志士的忠勇精神。周志開的母親王倩綺女士是空軍的模範母親，為臺南市市議員，長年為村子裡的大小事而忙，是眷戶的好幫手，更是眷村最佳的代言人。

那個年代的飛行員以高超的飛行技術著稱於世，苑金函將軍、羅化平將軍、梁龍將軍、張雁初將軍、王學勤將軍、丁滇濱將軍等人，都是村子裡人人讚頌的楷模。無時無刻，只要在村子裡仰望藍天，隨時都可能有震耳欲聾的引擎聲劃破天際，為捍衛領空而高飛。

而飛行建功的同時，地勤人員的辛勞不容忽視。眷村內佔多數的地勤、行政和防砲人員，同樣堅守崗位，孜孜矻矻，為中華民國的生存發展，奉獻出他們的心力。這群無名英雄的不求聞達、忠心報國，同樣留存史冊，在中華民國歷史上寫下光耀的一頁。

同樣的，大陳島義胞的忠貞血脈、警務人員維護治安不眠不休的犧牲精神，都在這裡薪傳著，承繼前人捍衛國土的榮光。

光榮的傳統後繼有人，水交社的子弟們其實在各行各業都是頭角崢嶸，不遑多讓，歷來在軍中晉升至將級人員者，更所在多有。

這就是社區內教忠報國、勤以成事的傳薪與實踐。父執輩勤勉奮進，將國家、責任、榮譽的重大信念，不斷地以身教言教傳諸子弟；子弟們也以出色的表現獲得肯定與激勵，踐履「凌雲御風去，報國把志伸」的豪情壯志。

這種「口授心傳」的忠勇之風，傳達出社區強烈的愛國意識，也為社區營造奠下了基礎和特色。

民國九十五年，水交社眷村走入歷史。相伴六十年的房舍瞬間夷為平地，被柵欄包圍的區域是共同生活的記憶，也是人生重要的點滴過往，對眷戶而言是多麼地情何以堪；儘管道路仍是通暢，磚牆的倒塌卻代表著回憶的流失。

這是時勢所趨，為了提升眷戶生活品質、為了強化都市景觀，眷戶們同意搬遷，離開他們曾經歡笑、甘苦與共的地方，期待斯土斯民的勤奮過往化為力量，讓此地重建後如浴火之鳳凰，更能展翅高飛。

重建需要力量，更需要歷史的傳承與鑑照。居民含淚憶往是一種力量、眷村文史的傳承是一種力量、社區營造的推動是一種力量，如何合眾力為一力，再造水交社社區的光華，是現今團隊念茲在茲的大事。

團隊由明德里里長陳瑞華帶領，結合社區民眾及對眷村文化有興趣者，共同研商推動。另有志開新村自治會、水交社文化工作室、志開國小等三個單位熱心參與，記錄下社區內的文字、圖像、資料、特色，為將來的明德里社區發展，提供詳實的願景規劃。

這分工作一直都在持續進行著，即使社區主要部分已少有人來人往，主要的特色營造仍在傳承。以「美食文化節」為例，已在社區舉辦了好多年，得到府城民眾高度肯定，因為社區原本就是以販售大江南北各地小吃而著稱，人們到此品嘗美食、尋回鄉愁、拾起記憶，和樂相聚慶豐年，是何等歡喜之事！

除了吃食，也有文化資產可供追懷和惕勵。眷村文化是一種簡樸、節約之美，代表著一個時代的精神和力量，預定成立的眷村文化園區內，就有這個精神和力量的展現，等待著民眾的造訪。

而最生生不息的是終身學習的能量，不斷傳承與釋放。原本即頗富盛名的社區國劇社已早由志開國小接棒傳薪，後繼有人。接著，是地方戲曲歌仔戲的演出，顯示在地文化的扎根與傳揚，已融入社區，共同營造出一個兼具各地特色的文化內涵。

人文化成的顯現需要時間的堆積，水文社眷村以自然景觀優美、各地小吃匯集、古早房舍雅致、戲曲活動豐沛、住民團結緊密而著稱；現今房舍雖已拆除，特色不再，但是那種歷久而彌新的力量，將會是重造新社區的基礎，則是可以被預期的。

去蕪存菁是歷史的教訓，亦為歷史的傳承。水交社的過往在歷史上的角色扮演，是這一代人必需重視的課題。明德里的明德感恩，將能輝映著以往這些榮民袍澤的光輝，為社區再造打下堅實基礎！

之七　我們都是這樣長大的

成長可貴，記憶每能回甘。

孩提時代的點滴，常能觸動成年人的心；童稚純真的過往，也總令人湧起無限懷念。

生活在此地，上了一些年歲的人，談起初來乍到的奮鬥情景，在眉飛色舞間，常流洩出不平凡的過往。

不論是四百年，或是五十年，都只是時間的遞嬗而已，只要認真努力，必然留下痕跡。

在物資並不豐美的那個年代，此地的每個社區或是族群，都曾經寫下胼手胝足的歷史，在臺灣成長紀錄簿上，滿是豐盈和愉悅。

其中，軍人和他們的家屬尤能顯出堅毅互助的特質，捍衛國土護持著家，在這塊客居的土地上，繁衍興盛，一起成就寶島美名。

眷村曾經是許多軍人共同營造的家，歡笑汗水融於一爐，成就「竹籬笆內的春天」；如今隨著時代更迭和經濟繁榮，國軍老舊眷村已逐步改建，原住戶間傳續的情誼，即將消散難覓……。

全臺各地只要有軍人的地方就有眷村，臺南市的眷村數量即頗為可觀。在南區一隅，有個好記的地名，大部分的人都知道那是一座空軍眷村，日治時代曾為日本空軍軍官住宅區，「水交社」之名便一直沿用至今。長一輩的人雖曾飽受日本軍閥侵略之苦，倒也並不在意以此為名，「志開新村」就一直和水交社水乳交融了五十幾年，照顧並且培育了無數優秀的空軍子弟。

這片佔地廣大的眷舍，初建時稍具規模，後又增建簡易房舍，大道貫穿其間，巷弄曲折有致，約略是臺南府城的縮影。

現在的府城，和當初位處臺江內海的情景，滄海桑田，不可同日而語，但是古道曲巷，樣貌猶存，甚具古意。志開新村亦有東西向沿斜坡而建的馬路房舍，如同府城市中心高屋建瓴之勢一般，可印證府城境內原多丘陵之故。

府城巷道雖窄，卻在蜿蜒行進至各巷尾時有豁然開朗之態，往往一個弄巷之後便有大樹立於其中的小廣場；志開新村的小道內也有如此巧妙設計，幾個小三角公園的休憩地，透著圓融的興味與禪機。

由於歷史久遠，花草樹木是村民的好朋友，老榕傘蓋，木麻黃聳立，各種林木花樹得天眷顧，生意盎然。晨間枝頭迎唱，催人早起，黃昏椰影曳地，輕和炊煙，散發出濃烈地南臺灣風情。

可愛的是村民常以自家龍眼、芒果分享眾人；可敬的是村民愛護自然萬物的行動。房舍儘管老舊，盆栽卻是花期不斷，一年四季妝點著空軍弟兄們溫暖的家。

窄巷小道常是眷屬傳達熱情的大路，那個年代家眷做手工是一起動手，不需呼朋引伴，就在門口擺張板凳做將起來，聊些家常，喝些茶水，指縫勤勞間培育下一代。

房舍的緊臨形成關係的緊密，男主人常有出勤或調職的時候，不論是柴米油鹽的臨時短少，或是其他的急難孔需，只要幫得上忙，鄰居們都是一馬當先，義不容辭，為袍澤之情義譜出動人樂章。

因著愛，我們都是這樣長大的。

空軍英雄們的事蹟在村子裡廣被傳頌，周志開烈士的忠勇精神更為村民敬仰。所以許多年之後的村子被稱做「興中社區」的時候，我們還是叫它志開新村，以一世情支撐著對空軍的大愛。

那個時代的老英雄苑金涵將軍、臺海空戰英雄羅化平將軍，精湛的戰技、高超的飛行技巧，在村子裡無人不曉。只要抬頭仰望藍天，隨著震耳欲聾的引擎聲指引，總能看到飛行員們捍衛領空的英姿，在空中呼嘯而過。

飛行訓練是艱苦的，飛行任務更是艱鉅的，作戰演習總免不了傷亡，村子裡的人都有這種心理準備，只要為勝利而生，其他都無所畏懼。

相較於飛行人員的視死如歸，地勤人員的辛勞也是眾所周知，他們都練就一身好本事，以豐富的經驗保持飛機的最佳狀況。那些年，連美國人都不得不豎起大姆指稱道：「中華民國的飛機修護是全世界數一數二的行家。」

行家靠的是堅強的後盾、認真的精神，以及愛國的情操。政府把家安置好了，雖然只是磚房瓦頂，挨家靠戶，但是家眷們從不抱怨，用最大的心力營造一個個溫馨的窩，讓空軍健兒們毫無後顧之憂。

那個年代，物資缺乏，生活較為清苦，然而每逢節慶，熱鬧的場面必不可少，加上空軍活潑優雅的個性使然，辦起各種活動自是熱烈暢快，不但可紓解平日刻板步調，也使得生活樂趣貫注其中。

靜若處子、動如脫兔，也可說是這群空軍健兒和他們家屬工作與生活的寫照。

村子雖自成一格，可是對內協調、對外聯繫，總還是有熱心人士參與。周志開烈士的母親王倩綺女士就是這座好橋樑。她是空軍模範母親，也是臺南市的市議員，為著村子裡的大小事，奉獻出最多的精神。

還有早期的曹毓雙先生、李雲溥先生都是為民喉舌的空軍子弟，先後傳承著造福眷村的宏旨，為眷村打拚。

更多的是默默耕耘的大眾，把家照顧好，把子女教養好，把環境整理好，讓志開新村成為一個溫煦有禮、多情重義的寶地。

因著情，我們都是這樣長大的。

•

眷村如同社會縮影，志開新村就是具足小社會的一個社區。

佔地寬廣的村子，有果菜市場供眷戶採購，各攤商家都做了幾十年，南腔北調遇上各省住民，招呼殺價聲中，饒是另番風情。

公共建物另有社區發展協會和國民小學一所。上了年紀的長輩都在活動中心逗留看報或下棋，悠閒自得。媽媽們則可利用伴唱機，追尋往日情懷。整日人聲鼎沸，頗具發展之貌。

志開國小是很多人童年時的美好時光，學校在村子裡，村子裡有學校，琅琅書聲每能勾起童真記憶。

那個年代生活艱困，孩提反而有更多學習成長的空間。黃土地上儘是玩樂的痕跡，空碉堡中躲過無數次的迷藏，樹間滿是摘水果的腳印。隨著經濟的快速成長，而今只有長一輩的人，每在晨間黃昏，迤邐其間，散步自樂了。

人少的時候，消息傳得很快，每個家中也都有藏不住的秘密，眷村的孩子似乎長得特別快。一會兒賈家出了個飛行員兒子，一會兒陸家有個考上國立大學的女兒，一下子便會喧騰起來，仿若是自家小孩得中一樣的高興。

軍人的小孩從軍報國從不落人後，那個年代就讀軍校的子弟，有時一年有十來人，克紹箕裘有之，文武兼修有之，一批批離鄉背井，把父兄們的志業傳續下去。

人多的時候，生意進入了村子，吃喝用的一應俱全，和民生有關的行當都賣出了名。除了市場攤子，還有的在自家前院搭屋推銷起來，再加上診所、修車間、流動攤販，儼然不出社區，就能照應生活的全部。

雖然房舍顯得老舊，眷管單位還是定期維修整理，滿足多數人住的需求，只是長一輩逐漸凋零，人口流動加快，疏離有些滲入了情誼，幸好仍有在此地長成的子弟，努力維繫著這個優良的和諧互助傳統，直到眷舍的改建完成為止。

因著希望，我們都是這樣長大的。

·

生命有限，成長無垠，流光來去總能帶來成長的喜悅。

眷村是軍人溫暖的家，也是軍眷生活的寄託所在。

多少酸甜苦辣往事，盡付笑談中，我們以居住過的地方為榮，眷村也以撫育眾多國軍子弟長成，而將卸下重擔。

竹籬笆的區隔，雖早隨時代的變易而拆除，眷戶長期涵蘊出的緊密情懷，卻是不容易消散。房舍可以改建成高樓華廈，新方向仍有待「心」的努力與合作才行。

巡禮眷村，向國軍和眷屬們致敬。
因著敵愾同仇的信念、互助團結的行動，我們都是這樣長大的。

卷二 軍旅流光

當兵是男孩蛻變成男人的重要關鍵，絕大多數邁向青年期的男生都會有當兵經驗，奠下日後在社會立足的基礎。當兵過程，也是男生日後回憶往事，或是共聚時的焦點話題，是為一種辛酸的甜蜜。

「好男不當兵」年代早已遠去，現今不僅官校學生素質大幅提升，現代化科技兵種的訓練且不與時代脫節，可惜的是募兵制施行，大多數男孩將不再有著刻骨銘心的那種感受了。

之一　蝙蝠山勢下洗禮

唸軍校，對眷村第二代子弟來說，是很自然的事。他們的父執輩從大陸來臺，一生奉獻軍旅，將子女往軍校送，克紹箕裘，多少有些忠孝兩全的意味存在；而戰後嬰兒潮的升學過程頗多艱辛，除少部分資質和家境較優者，能選擇就讀大學外，軍校成了繼續升學的首選管道。

不少父母忍著心痛，將孩子送入預備班及幼校就讀，就是官校的高中階段，以便提早適應軍隊環境。另外的，便是高中畢業後直接考入各官校，免除了高學費和就業的諸多困擾。

民國六十二年，在大學聯考只有將近百分之十二左右錄取率的窘迫中，我和「末代初中生」進入軍校就讀。由於高中讀的是文科，軍校聯招只有兩所學校可供選擇：一個是政戰學校，一個是財經學校；而能否錄取，全憑分數及選填志願序決定。

我被分發到政戰新聞系，屬文科組第一志願。正好同校同學考取不少，且均為鄰居好友，就結伴同行，成為二度同學。

當時住眷村，唸軍校不是稀奇事，但我根本不知軍校是何模樣？將來要做什麼？父親雖是軍醫，亦不知詳細情形，只不過對「政工」人員較無好感，要我多加思索。事實上在大學窄門之前，沒有考慮餘地，只能隨眾而行，當個「好」一點的兵了。

初入復興崗，高聳的山勢感覺撲面而來，那是大屯山。到校後，除了一切都覺得新鮮外，大隊長劉來祜在大操場的一句話，印象最為深刻。他說：「你們看這座大屯山就像隻張開翅膀的蝙蝠，凌空翱翔，其下的學校就是塊福地。」

大隊長的鄉音敘述著這座山，聽來頗有好感。他要同學們別把他的名字唸成「古」或是「右」，要唸成「滬」，則更令人終生難忘。

·

入伍訓練在陸軍官校，當年只有四所學校有此「榮幸」。「政戰」是文學校和三軍官校一起受訓，氣勢上差了一截，加上三軍官校多數由預備班和幼校學生直升，政戰生的「菜鳥」模樣可想而知。

不過，我們可不認輸，「入伍之時，人人平等。」黃埔系統講究同根同源，起碼我們受著同樣的苦，和三軍官校生無分軒輊，至於早期政戰被稱為「痲子」，顯為誣衊、看輕之詞。

我們和官校生同甘共苦，一起完成令人難忘的入伍震撼教育。入伍生活緊張而刺激，留下不少難以磨滅的記憶。

當時一個班睡一間房間，我和法律系的朱台琨是政戰，陸海空軍官校生六人都是預備班和幼校直升，加上一個憲校來的資深士官，我倆果真是菜鳥中的「幼齒」，注定要遭到厄運。

其實並不盡然。嫩飛官和老士官的「油條」，往往遮蓋了我們的笨拙和麻木，成為陸官四十四期班長的目標。我倆過得還好，就是體力上得付出更多代價，我倆也樂得和這些官校同學成為好友，爾後在各個崗位奉獻心力。

特別值得一提的是：同班的海軍同學曾念三，不僅長相、學業出眾，日後選派至菲國讀書研究，更和我新聞系的同學張玲結成連理，令人稱羨。

還有空官的沈能俊，飛過一段時間後改讀醫學院，當過各科醫師，在碧潭跳水挑戰法令，成為名人。

受完入伍教育回到學校，原以為可以讀點書了，沒想到學長制的威權，澆熄了唸書興致，沒日沒夜的處於另一種「訓練」生活中。

軍校一年級生就像個受氣包，無時無刻要忍氣受苦，從起床到就寢的各種訓練，攪得我們昏天黑地，幸好我們受壓迫慣了，吃得了苦，只有極少數人打了退堂鼓，絕大多數同學都能熬過黑暗，靜待黎明的到來。

那時候，採行以系別編連，新聞系一到四年級就是一個連，連之下有排和班，每個班都有各年級學生。我運氣不錯，編到的班內學長都是溫文爾雅之士，吃苦受罰的機會不多，但有時還是逃不過其他班學長們的斥喝叫罵。

在軍校，「合理的管教是訓練，不合理的管教是磨練。」這個詞不知是誰創造，把所有事情都合理化，對軍官養成教育應該具正面功能；只是有時扭曲人性，後遺症不是當初創設者所能想像！

就這樣邊讀書、邊訓練，再加上暑訓、下部隊實習等校外訓練，歷經四年洗禮，我成了文武青年，懂得了新聞、政戰和管教等事，知道要為自我負責，明白了：「不要問國家給了我們什麼？要問我們為國家做了什麼？」這個道理，下部隊展開新生。

・

在校四年，除女生八人外，我們全部生活在一起。原有男生三十位，經非志願、受傷、改讀其他班次等原因離開，畢業時還有二十六位，加上女生離開一位、補上一位，共三十四人，算是新聞系歷來人數頗多的一個班。

我們這一班，居住在北部、南部地區者居多，尤其包括我在內的臺南同學十人為最多，是以我們畢業的學校「臺南二中」、「新化高中」，能以「幫」名之。

先說我們。臺南二中同學較海派，聰明伶俐，各具其長。會讀書的有胡元孝、黃朝榮，籃球打得好的賴慶津、十八般武藝都會的劉忠華、精明不外露的鄢太平（出身成謎即歸類之），五條好漢文武兼具，個性看似不同，實則就是南二中兼容並蓄的特點。

新化高中同學則多具文相，穩健平實。賀鐵君穩重均衡，任台生倜儻機伶，王明我智慧飽滿，許榮瑞貴氣篤實，我則平凡無才。同樣是五條好漢，個性平穩，與人為善，帶著默默卻又有些超群的基因，成為班上的主要支柱。

北部同學有在基隆的何智文勤讀苦學，臺北的余長超卓然不群，彭健生成熟穩重，桃園的侯聲野樂觀開朗，中壢的李長貴聲音質佳，楊梅的陳其祥腦筋靈光，新竹的吳建憲腹有乾坤，苗栗的李文廣文武兼容。

中部同學有彰化的夏中民風趣幹才，臺中的趙永誠認真有節，趙錦谷精明勇健，熊健虎書生樣態，王昌國醫術了得。高雄同學則有傅世雄高大實在，唯一臺東有著部分原住民血源的廖國燦精明幹練，和來自金門的陳朝福沈靜內蘊。

女生則是花木蘭中的翹楚，多棄文學校而從軍報國，不遑多讓於我們：蔡桂英聰敏英才、劉麗娟美善嫻淑、黃梅春智能冰雪、續燕君姣美溫良、劉俊蘭慧黠伶俐、王淑蘭蕙質蘭心、羅麗梅和善實誠、張玲溫婉聰慧。

這些人組成一個班，各具特點，互不干擾，美其名為：各行其事，各有所得，實則是較為散漫，不太關心公眾之事。

不過，我們這一班的優點正好也是缺點的翻轉：從不勾心鬥角、爭權奪利，大家安靜地做自己的事，班上少有爭執或吵鬧；日後，每個人果在各自領域佔得一席之地，毋寧就是「自掃門前雪」的實踐過程。

我們雖然各過各的生活，同學相處仍是親密而熱絡。每年寒暑訓後的一點休閒時間，都會結伴出遊，留下美好回憶。在校上課時，精幹的同學們也常嬉鬧，讓下課後的教室充滿歡笑聲。

由於同學各具專長，我們班的戰力絲毫不比學長或學弟班上差。像演講、辯論、戰技比賽、打橋牌、中國武術、中醫等項，表現出色，令人誇讚。

．

初入新聞系館，對四合院式建築和立於天井正中的徐搏九銅像頗為好奇。各年級各一個教室，輪完一圈即可畢業。我們班上原有三十八位，課桌椅不夠，還得到處張羅，才能容納得下這批「新鮮人」。

學長對我們人數眾多，覺得奇特，我們則對教室擁擠，有些微詞。

當時系主任祝振華老師甫上任，對我們期望甚高，邀約不少名師助陣，希望這班「子弟兵」兵強馬壯，能有出頭的一天。只可惜班上成員均內斂藏鋒，不夠積極，辜負祝主任一片苦心，或許成了祝老師心頭上的一件憾事。

事實上，本班同學畢業後的成就，並不較其他班為差，甚且出了一位中將、一位博士和無數碩士，在軍旅、新聞、藝文、商界、社會服務等方面，更較他期出色。只是在校時課業表現不如師長預期，故而多此疑慮。

祝主任是第一期畢業的資深大學長，口才便給，恨鐵不成鋼，對我們要求甚嚴。尤其祝老師留學美國，得到南加大口頭傳播學碩士學位，語文方面為國內著名學者，故而對語文尤其是新聞英語課程特別重視，偏我們英語程度普遍不佳，常令師長困擾。

記得最深刻的事，是祝主任常巡堂督導讀書，看我們所用的英文字典後，脫口而出：「看你們用的字典，就知道你們的英文程度連我小學時都不如。」同學們面面相覷，誰也不敢答話。

其實我們也了解祝主任「愛之深、責之切」的心裡反應，只是我們歷經末代初中「蹂躪」和大學窄門「夾殺」後，早元氣大傷，再加上嚴苛的入伍教育和震撼的新生教育洗禮，哪還有時間讀書呢？程度自是難堪。

畢業後，有關祝主任教學嚴格的事，常聽學弟們談起，而老師再度赴美取得博士學位的壯舉，令我感佩萬分，我常以之做為教材，與青少年同學分享。其實，教過我們的名師甚多，能有毅力在系主任卸職後重做學生更上層樓，祝振華主任為最佳榜樣。

日後，我有機會和祝主任一同用餐，看到他聽到同桌人講的笑話時，立即掏出紙筆記下，那分認真和執著一直深印在心。

·

我在班上默默無聞，功課還好，每年領獎學金都在末座，對讀書之事記得不多。常得「徐摶九獎學金」的胡元孝同學天資聰穎，對當時老師與同學相處之事，記之甚詳，曾發表文章於校友會期刊上，提及本班學習趣事，相當寫實。

在校讀書，有一件非提不可的大事，是考試採榮譽制，也就是課堂沒有監考老師，然而只要發現違規作弊事件，經查屬實立即開除，毫不通融。

這個制度主要是激發榮譽心，培養正直、負責的國軍幹部，只是少數人仍心存僥倖，成為被鍘者。

在校時期，校方每在考試後，於大飯廳前貼上布告，開除作弊學生。讓我們在用餐前後，需謹慎留意下一場考試，勿蹈法網，是為高度而嚴苛的「下馬威」！

榮譽考試應該不是政戰學校首創，但政戰學校貫澈到底的決心，絕對為文武學校之冠。

我在三年級下學期（新聞系四年級校外實習）擔任新聞系與藝術糸連隊的實習連長，帶領著學生部人數最多的連隊生活與訓練，直到四年級上學期結束，是為由青澀趨近成熟的歷練。我感謝連隊長官的信任、同學們的支持、學弟們的配合，讓我提早有了做領導幹部的機會與體會。

・

民國六十六年九月一日我們掛上中尉官階，踏出校門。榮譽在肩、責任在身，向各所屬部隊報到。

之二　榮湖畔砲聲隆隆

在校畢業前採抽籤方式分發軍種，幸運與否，在此一役。依慣例，空軍為上上籤，人數卻最少；能雀屏中選，自是歡欣異常。

那時，政治系同學先抽，其餘系別後抽，將近三百位同學依序上臺，直到快中午才輪到我們業科系。政治系最後兩位剩一空一陸兩籤，倒數第二位同學上前一抽為陸軍，最後一位篤定空軍，真是「一家歡樂一家愁」，立判分明。

我們班上留校三人免抽，我是第一位上臺抽籤者，大家屏息以待，結果空軍一報出，一陣哄笑，隨後歎息聲多出自同儕。我歡喜下臺，同學苦臉以待。

其實，分到空軍並不全然代表好命，因為我們要分發到基層連隊，和陸軍並無太大不同。

我的單位是空軍防空砲兵二零四營第四連，任排長職。初報到，一身草綠服讓資深連長有些起疑，以為我跑錯單位，而政戰官科任排長，也讓他打了問號？事實上，那時尚未領到空軍制服，且軍政交流是常事，資深連長不太明白而已。

隔了一個月，我和其他分發空軍的同學在花蓮防空學校相遇，大家都要受防砲官的訓練。好山好水的地方，讓我們重溫在校時的感覺，弄懂了四零砲、九零砲和四管五零機槍後，再度道別離。

回到桃園蘆竹，我正式參與連隊運作。連隊是四零一聯隊的防空武力，駐守機場四周，一砲一槍叫一組，約九個人住在半圓形廠房內，冬冷夏熱，在空曠的機場臨著海邊，共有八組弟兄生活著。當時，連上副連長受訓、輔導長調職，我被留在連部支援，和連部班和通訊班成員住在一起。

連長行伍出身，腆著個肚子，湖南鄉音常讓弟兄們迷糊，兩位班長一個湖南人，一個廣東人，也都有著濃重鄉音，不過，資深充員往往能解其意並予傳達，大家相處得不錯。

我初任排長，非防砲出身，年齡較弟兄們為小，個頭又不高，連長似乎不放心，很少賦予任務，我也樂得有時間多看些書。隔一個月我被調至更寮腳的防砲司令部支援，在政二科協辦「三民主義講習班」。

甫出校門就能到司令部級單位工作，對我是增加歷練的好機會。將近二個多月的時間，我稍知政戰上層部門運作情形，並和同為支援的一些大專兵結為好友。

再回連上時已是隆冬。桃園機場吹起的風大得嚇人，我們正全連集訓中。集訓是為了調防外島做準備，先從班排基本教練做起，連上軍士官幹部輪流上場，嗓音卻敵不過強風黃沙，紛紛敗下陣來，我只有上去充數。對單兵到排連基本教練的指揮示範，其實是我最拿手的項目，嗓門又大，初試啼聲，讓全連官士兵刮目相看。長跑也難不倒我，連上的跑步競賽，除了一位省體畢業的士官贏過我外，沒有人能超越我的肩頭。

至此，我在連上的地位穩固。而且我晚睡早起，常帶笑容，把弟兄當兄弟來帶，得到大家的認同。再過二個月我升任輔導長，是同期同學中唯一在原單位歷經軍政兩職者。

其實，當排長和當輔導長是一樣的，除了業務有別外，帶人的方法皆同。此時，調補來了一位大專預官任副排長，他是我初中不同班的同學黃偉慶。黃同學人緣佳、體力好，對兵器十分了解，能力較防校出身的幹部有過之而無不及。

再過一個月，我代替副連長打前站去金門。

打前站就是先遣部隊，要和交換駐守部隊辦理交接事宜，通常這都是副手要做的事，本連副連長還在受訓，就由我接手。跟著副營長和各連先遣人員南下高雄登船，航向金門。

坐海軍運輸艦是全新體驗，全程風平浪靜，海天一色美景現前，若不是裝備雜陳、氣味不佳，海上之旅新鮮有趣。不過，到了料羅灣外海拋錨等候漲潮，那種望著陸地不能上岸的感覺，真覺無奈。

其實，真正的考驗是在搶灘清運的有限時間。弟兄們渾身溼透來回搬運物件，我也加入其中。離開泥濘的沙灘踏上紅土地，我才驚覺金門戰地和臺灣的不同。

·

金門和臺灣的不同，從腳下開始延展至各處。我們住的是地下碉堡，一個連部有五、六個之多，以壕溝相通，只有中山室和廚房在地面上，連廁所和浴室都是「地下化」。

這個連部位於榮湖畔、后水頭村旁，佔地算寬敞，我帶著弟兄迅速完成交接任務，就此住下。當晚，趁著天色微亮，飯後趕緊洗個澡，雖沁涼冰身，仍覺痛快，沒想到走出地洞天已全黑，和黃副排走著走著，一個沒留神我掉入壕溝內，還得靠衛兵的手電筒協助才能脫困，真是尷尬而難忘的一夜。

金門是個沒有燈火的地方，至此我才了然。所謂沒有燈火指的是軍事區禁止燈火外洩，整座營區漆黑無聲，只有衛哨人員走動而已。單日每到晚間七點即聽到低沉砲聲響起，隨後砲聲咚咚作響，我們都在碉堡內活動，直到砲聲結束。

這就是「單打雙不打」的潛規則，離我們營區後方滿遠的一片草地，則是我砲兵機動還擊之一處，雖只是砲宣彈，威力亦不小，常震得大夥耳朵不舒服。

中共砲宣彈的後續處理是政戰業務，弟兄們也都知道拾獲宣傳單要繳交連部，畢竟當時臺灣生活較之大陸好得太多，中共的統戰伎倆無從奏效。倒是砲宣彈仍具殺傷力，隔鄰后水頭村落就有百姓因而傷亡，弟兄前往救援善後，目擊此景，愈增同仇敵愾之心。

砲擊也可看出一句軍中常流傳的話：「老兵怕機槍，新兵怕砲擊。」每當砲聲響起，弟兄莫不快速走避，連長和資深班長則淡定不動，聽音辨位，不到最後關頭不會離座進入碉堡。這就是經驗的差別，也是面對戰局時的能力所在。

在金門，我們的防區較機場為大，全島約四分之一弱的地區歸營部防衛，我們四零砲連十六個陣地分布於金東地區，大夥很少能見上一面。我和連部班、通信班住在連部，黃副排長也在，共同監督與訓練大區域的各個陣地。

此時，副連長陳繼國歸營，資深連長退伍，即由陳繼國升任。陳連長是防校畢業的高材生，與我同為外省二代，幹練精明，本職學能均佳，只比我大一歲，自此，我們三位軍官坐鎮連部，同心協力創出本連光輝的一頁。

有了優秀的領導者，我們的各項戰備視導均為全營之冠，政戰工作績效亦為首位，每受到上級嘉許。或許這是我們兢兢業業，戮力以赴的一種肯定，但不可否認的是運氣，起碼在金門一年，我們沒有發生過傷亡或違法亂紀的事。

對一個人員幾乎全在掌控外的連隊而言，不出事是很難預防的一件事，我們「三劍客」的用心和努力，全連弟兄看在心，得以戒慎自惕；連隊士氣高昂，應是所有人的團結向心所致。

・

駐金一年，值得回憶的事太多。我勤於跑步、開始寫作、樂於帶兵。

先說跑步。金門空氣新鮮，適合戶外活動，我們小砲連駐點離連部都有一段距離，我除週四莒光日坐車外，都以晨起跑步到陣地巡查，樂此不疲。

晨起跑步對健康有幫助，一次大約可跑兩個地方，有時可看到三個班的生活情形。有些地點「天高皇帝遠」，衛兵會偷懶、內務不整理、裝備未保養，我就「曉以大義」，第二次去，多少都有些改善。

這種突襲式的做法，較之日間固定巡查的效果要好，弟兄們知道連部軍官查察甚嚴，自然會有警惕心，以免受到軍紀處分。這是跑步巡查最大的好處。

跑步第三個好處是節省油料。小砲連陣地在外，光運補生活所需就要耗掉不少油料，且營部離之更遠，開會、撥補雜事不斷，能不派車最好。

為了省油，我還得去要油，第一次得到同學們的溫情支援，感動不已。那時，連上撥補汽油多、柴油少，我們的需求是柴油要多，於是和海軍同學商議交換互利，往往我們得到的多，解決不少運補問題。

在全連到金門穩定後，除開日常作息，我嘗試寫一些文章，以解思鄉之苦。記得提筆後竟久久下不了手，真是不知從何開始？想到新聞系畢業的我，竟然連要寫什麼都遍索枯腸而不得，真覺慚愧。於是就從身邊事物著手吧！

首先想到的是在校時掃地、上廁所的事，藉由柏油路邊的小草旺盛生機，以及廁所定時沖水清理廢物的聯想，撰成兩文，投稿《金門日報》副刊。兩個星期後竟然獲得刊出，我喜出望外，對日後能持續撰稿，鼓勵甚大。

其實，寫作純然是調劑生活而已，絕大多數時間我都關注在弟兄們的身上，協助連長把團隊帶好。

或許是機緣，也或許是「三劍客」的努力，在其他連發生不少事情的狀況下，本連人物均安，績效良好，是為大家的運氣與福氣。

我始終認為「子帥以正，孰敢不正？」身為領導幹部必須以身作則，比弟兄更為吃苦和用心，才能真正達到領導統御的功能，也才能和弟兄們交心。

交心其實很難，因為人性難測。

弟兄來自四面八方，個性南轅北轍，除了軍紀一張大網控制外，要大家內心服從，靠的是日積月累的功夫，最主要是要讓弟兄們知道：你比他們愛團隊、你比他們關心每一個人、你比他們盡心盡力、你比他們用心於這個團隊。時日一久，不讓他們向著你、向著團隊，都難！

日後，我在這個連上積滿三大功，得到第一枚獎章時，內心的激昂和感謝，難以言喻！

・

在金門前線負責防空任務，印象最深刻的苦處是「雷霆演習」和「月夜戰備」時間。雷霆演習是防衛部針對重大事件發布的演習行動，全連都要繃緊神經參與其事。

部隊駐防期滿離金前，陸軍某部一位曾參與滇緬戰事的資深軍官脫逃，動員了好幾天找不到人，而後被我營部人員意外尋獲屍體，戰情才解除。

月夜戰備，則是月明星稀時間必須嚴守陣地，以防敵人蠢動。戰士辛苦，幹部更累，若有「全島防護射擊」指令，則火砲裝備保養倍受考驗。不過，射擊時的壯觀場景，終生難忘。

民國六十八年元月一日中美斷交，砲擊終止。隔不到幾個月，發生陸軍馬山連連長林正義叛逃事件，全島震動，除兩師立即換防外，一切均在掌控中。

當連部前的白楊樹皮開始剝落時，我們知道一年將盡，要回臺灣了。這回我不打前站，將和連隊部一起行動，出發前三天，我突發盲腸炎住進尚義醫院開刀，陳連長囑我好好休息，連上也不能派弟兄照顧我，只能臺灣再見。

想起我初來此地掉入壕溝，臨走挨上一刀，單人飛回臺灣再到新竹歸隊。真是精采而又有些意外啊！

之三 飛駝上身練文筆

回到臺灣，我負傷到新竹報到。連隊和在桃園任務一樣，只是換成了四九九聯隊。連隊部不在機場內，反而是在街道旁，出入方便，營部也離得近。

這時，我已歡送了不少弟兄，年齡也較新進充員大上一、二歲，在連上，儼然已具「老大」樣態，但我仍以下部隊時的心態，處理著大小事，包括和弟兄們的相處。

黃副排長退伍，陳連長調職，我落寞許多，但依舊用心於部隊中。輔導長職務任期屆滿，我調離空軍，到聯勤總部任職，結束在基層連隊的服務。

離開部隊前，連部班和通信班的弟兄送了一隻價值不斐的鋼筆，令我感動莫名，我珍惜著他們在小卡片上的簽名，歡喜的前往臺北新單位報到。

．

能到聯勤總部工作是種機緣，得自於當時社長林上校的協助。在部隊時，其實我已有回到專業單位的機會，空軍出版社的喬振中學長打過電話，要我做心理準備；空軍電臺的陳宗岳學長還要我去考過試，結果我還是去了聯勤。

說來是命運安排所致。喬學長父親與我父親為舊識，他也是我高中學長，拉拔我為必然，只是他一直未離開出版社；而陳學長在校時即熟識，對我甚為照顧，只是電臺尚未開缺，讓我有了落跑機會。

我之提起此事，乃印證機緣難料。一般而言，空軍低階政戰軍官要到管後勤的總部服務，是為「不可能的難題」。我只因林社長需人孔急，通過他的測驗，便由林社長主動聯繫調職之事，之後果能跨軍種服務，寧不是機緣哉？

事實上，我能在基層期滿後調往新聞單位服務，已是非常幸運，而聯勤出版社的溫暖迎新，使我受寵若驚。

社長林祥金上校精明幹練，總編輯李德嫻中校下筆飛快，兩位都是青年得志，且筆下功夫了得的前輩，對我這個新聞「菜鳥」倒毫無驕態，放心地交給我的學長吳奇峰「調教」。吳學長是快手，跟著他頗有壓力，但吳學長為人謙和，加上早些時到社支援的尹景清學弟笑臉迎人，這個單位讓我覺得新鮮和溫馨。

另有一位學長宋德瑞，在校時任實習輔導長帶我們成長。宋學長是海軍，能到聯勤服務，可見得他「神通廣大」，他的反應奇快，人又機靈，負責新聞發布，和編務較無關係，社內有他坐鎮，任何事都不成問題。

這個單位有一位攝影官義金周少校和電影隊長張寶林先生，還有些雇員處理行政事務。他們的年齡比我父執輩還大；聯勤總部果然較其他軍種穩重成熟得多。

初到總部，林社長帶著我到政戰部各處室「見世面」，他們見我穿著空軍上尉軍服都覺得新鮮，我對總部級單位的多且雜，感到好奇。尤其是「反情報隊」和「某辦公室」特別不解，後來才知是保防和處理黨務的單位。

稍事穩定後，我即刻投入編務，編的是《忠勤報》，每週出版兩次，故稱三日報。一版是總部新聞、二版是政令宣導專版、三版是副刊、四版是各廠處隊新聞。

吳學長帶著我從四版著手。由於報紙發行經年，根基牢固，各地通訊員都會主動供稿，重點是如何把眾多稿件分類編排，並下標題，再行排版發打。當時仍是傳統鉛字印刷，編輯要能劃版樣與拼版人員溝通，否則就會「開天窗」。

「開天窗」是讀書時常聽到的術語，就是整版文字中有空白的地方。換句話說，就是拼版人員無法照你劃的版樣工作，也就出不了報了。

那時，初接觸編報，會和一般人同樣有個疑問：為何能在一張紙上排得剛好，不會多出來，也不會少一點？等進入門道後就知道：編版可以抽木條或鉛片控制字的數量，也可在現場刪修內容，得以有「彈性」加以運用。當然，高明的老編只消在版樣紙上一劃，編出的版面即精準而漂亮。

·

編報的日子不好過，刪修稿件、下標題、劃版樣往往費時耗力，不過，能回到專業單位做專業的事，我比起其他同學幸運得多，雖壓力大，仍覺苦中帶樂，非常自在。

能自在的很大原因是「人和」。

上自林社長下至雇員先生，都笑口常開，幾乎沒有階級隔閡，彼此分工合作，相互打氣。林社長的開誠佈公，尤令我敬佩。

單位內敏感的人事考評本是主官權責，林社長卻願真誠地對我們明說。那年，攝影官義少校要升遷，林社長特別請所有軍官集合，就考績獎懲評定考量做概略說明，以示負責。開闊大度、遇事說明白的特質，顯露無遺。

這和我在部隊帶兵的做法一致，只要不涉及機密之事，就無不可告人之處。林社長的作風深中我心，能得如此長官帶領，我認真學習，努力上進。

事實上，下標題、改稿、寫稿的能力都與程度有關。此時，面臨到的是「書到用時方恨少」的窘境，因為沒有多餘的時間讓你看書充實自我，只能「蝕老本」，就是靠著以前累積的學識基礎，不僅要從做中學，還要能應付各種突發狀況。

幸好，在部隊後半年，我有些自修時間，算是能應付得了繁雜的編務工作。稍有空閒就買些書來看，期盼「臨時抱佛腳」能有些效用。

也或許是機運不錯，寫新聞稿或是修改各廠庫寄來的通訊稿，都能差強人意，若要寫特寫和短文專欄，則顯然仍需磨練；林社長給了我不少機會，讓我提早「醜媳婦見公婆」，增強了我對寫作的信心。

第一次寫特寫是俞大維先生觀賞明駝國劇隊的演出。我臨時接到通知即刻寫完排版印刷，令我坐立難安快一個鐘頭，思索著如何下筆：把俞先生最愛看的《四郎探母》劇目，貫串俞前部長的忠孝節義事蹟，以及明駝要角的詮釋舖陳，寫的能讓長官及讀者接受。

最終我完成任務，寫完後不知是冷汗或是熱汗、急汗已流遍全身。

我是個容易緊張的人，卻對文字運用的靈敏度不夠，林社長的高度信任稍安了我的心，我仍兢兢業業地學著。

編《忠勤報》一、四版時，有個小專欄《三日談》原由社長或主筆撰稿，林社長有次要我自行下筆，讓我有了磨練機會，直到離開出版社前，我都能有練習寫三百字短評的機緣，逐漸喜歡上文字工作。

我也有機會拍照，讓生活與工作多采多姿。初次出任務是到高雄的物資接轉單位，為《中國聯勤》畫刊拍物資署的工作實況，林社長挑出一張吊運裝甲車的照片做為該期封面，對我鼓勵甚大。只是日後忙於編務，很少拍照，也就和攝影工作漸行漸遠了。

·

在總部當新聞官和總司令接觸的機會較多，當時聯勤總司令是蔣緯國上將，開明洋派作風引來不少目光，我們新聞官躬逢其盛，大開眼界。

緯國將軍重視新聞宣傳，對報紙的內容頗多意見，我們一一領受，見識到高層智慧與眼光的獨到之處。而總司令照相官辦公室在出版社隔壁，常讓我們藉由照片認識這位當代傳奇的軍事將才。

編報工作甚忙，不過為增長見識，林社長常派我們至各地開眼界；只在聯勤待了不到兩年，我還是有機會到各廠「參觀」過。聯勤總部除了八大署處外，以各廠生產的支前安後裝備最為出名，兵工廠以二字頭命名、被服廠以三字頭命名、測量廠以四字頭命名。

所以稱為「參觀」，是學新聞的我完全不知各廠的特性和任務，只能憑著資料稍有認識，真正到了廠區仍是「莫宰羊」。每次廠區開放或有新產品供媒體參訪，我就隨眾入內，只能懂得一些皮毛而已。

兵工廠是聯勤的重鎮，二零二廠是製造野戰砲單位，位於總部旁非常隱密，大陸時期的四四兵工廠即為前身。二零三廠在高雄大樹，是火藥廠，門禁森嚴，一次意外爆炸案讓我深入其內，現場屋毀牆倒，廠區如同被轟炸過一般，令人不寒而慄。

二零四廠在宜蘭礁溪，為製造焰火彈和電池的廠庫，每年國慶晚間的焰火彈都在這裡製造。有一年應當時陳克旋社長之邀到廠區觀看試射，而後撰寫發射焰火時的旁白，頗覺榮幸。

二零五廠在高雄，是生產槍枝彈藥的重要工廠，歷史悠久，威名在外。二零六廠在臺北三峽，是長程砲的製造區，和隔鄰多為地下化的二零八廠生產飛彈，位置都十分隱密，是為國軍重要的火砲及飛彈、火箭製造研發單位。另一個二零七廠則在新竹新豐，是電子裝備生產製造中心。三字頭的被服廠則有四個廠，分在臺灣南北兩地，負責國軍服裝、衣帽、毛巾襪子、皮鞋、被褥等軍需品的製造，和一般紡織廠無異，規模則大得多。

測量單位的工廠是四零一的製圖廠，以及四零二的光學廠，均位於臺中。日後我有空至各廠採訪，寫成《駝鈴聲聲入耳來》專文，得到國軍文藝獎報導文學類佳作，實為駝群同仁的協助之功。

每做一次採訪，其實就是一種磨練。寫稿的壓力無所不在，交稿的窘迫無人能懂。

幸好，林社長和李總編輯度量大，很少苛責我的稿件，我就在一筆一劃中認識聯勤，開展我的筆耕歲月。

林社長常對我們新聞官提示：寫稿快又好，不可多得；慢而好，則不可取。意思是搶時間的工作，務必以達成任務為首要，我謹記其言，加上個性急，編報和寫稿雖然壓力大，尚能應付得了。

事實上，要搶時間出報，自己要有本事外，周邊印務的配合亦是重要。每週我們有兩天時間在印刷廠，目的當然是求快和求好。

聯勤印製廠是我接觸印務的開端，廠內各個部門讓我開了眼界，初步了解到：一份印刷品製成的各個過程，不但缺一不可，還要能通力合作才行。

印製廠內大部分是資深員工，師傅級的人員常會欺生，我們小新聞官的劃樣若是不精準，拼版房的師傅就會手一攤，要我們自行解決。

鉛字時代的印刷品，靠的是一個一個鉛字聚攏後的拼版功夫，困難度在於一切都是反的，亦即要用「反向」角度來拼湊版型，稍一不慎，不是版型錯亂，便是鉛字散亂，難以補救。所以，拼版臺上的位置，非要幾年的功力才能坐得穩。

寫稿、編稿難不倒我，拼版則不是短時間可以學會，我只能客氣地多加請教，還要向師傅多說好話，才能過得了拼版房那一關。總算也見識到所謂「隔行如隔山」，心想：做個稱職的新聞官，要學的東西多著呢！

閒暇時，我常到體育館打球紓壓。總部內的體育館是聯勤飛駝籃球隊練習的場館，當時是很高級的球場。

飛駝隊名將如雲，洪濬哲兄弟、李志強、王啟先都是國家隊靈魂控衛，看他們練球真是一大享受。等球隊練球結束，我們有一段空檔可以投籃，腳踩木質地板，手拿皮質籃球，投向壓克力透明籃板時，同樣是美好的享受。

就在一切進入狀況，日子雖忙卻能亂中有序下，我被指定參加中樞司儀考試，三個月後調離聯勤總部，結束這一段美好而值得回憶的新聞官生活，直接到總統府報到。

之四　重慶南路增見識

我能到總統府工作，絕對是命運使然。

由於在總部被指派為司儀，當總統府招考國家司儀時，總部人事署送出了我的名單。經過總統府第三局的嚴謹考試後，本以為名落孫山，卻因原先考取人員不適任，改調我任職；雖依依不捨軍聞工作，仍得服從上級調派，到了最高單位工作。

總統府第三局典禮科號稱「天下第一科」，顧名思義是辦理國家典禮事務的承辦單位。典禮都是和總統參與的榮典集會相關，重要性不言而喻。

當時府內人員軍文職並列，典禮科的軍職人員是國家司儀，肩負著所有典禮儀節的司儀工作，一位是政校大學長于璇先生，另一位是我。另有文職的張瑞亭科長和從救國團調任的巴台坤先生，以及掌理庶務的吳義明先生。

典禮科人少責任重，除了我是「菜鳥」需嚴加訓練外，其他長官精明幹練，聰慧靈光，待人和氣，遇事沈穩，都是不可多得的人才。

我自認資質不佳，不但要學司儀專長，更要學如何待人接物。

典禮科科長張瑞亭先生，是影響我日後成長發展很深的一位長官。張先生莊重和氣，個頭不高，英氣內斂，說話不疾不徐，條理分明。初到府，張科長照例帶我到三局各科室拜會。每間辦公室的人都會和張科長打招呼，職等愈低的同仁愈和他熱絡，我驚訝於有這樣身段柔軟的長官，還是在總統府內，對張科長非常敬重。

過了一陣子我才了解：張科長少年時隨其兄來臺，邊工作邊苦讀，通過各項國家考試得以逐步升等，是典禮科的元老，精熟典禮相關業務。府內不少工友或雇員同仁，都是他以前的同事。

個性沈穩的張科長卻從未提起此事，他認真工作、誠心待人，對待下屬一如對每個人一樣，客氣周到，卻又令人覺得雍容大度。

跟著這樣的長官學習是我的榮幸，更可以說是福氣。可是我只習得了皮毛而已，日後在其他單位遇事心浮氣躁，常會得罪人，是為大不如之處。

在典禮科工作，首先學到的重要觀念是「依法行政」。張科長要我看熟《總統府常用法規彙編》內有關典禮章節內容，告訴我：一切儀節程序的簽辦到歸檔處理，悉依法規辦理，每年府內都會召開相關會議審查修定。

論法制和依法行政的觀念，其實是我應該懂得的，只是軍中一向採威權領導，法制和法治的施行較淡薄，於是我如夢初醒，謹記著科長的教導，做一個守本分、守法制的公務人員。

辦公是我接觸公務的開始，寫公文對我是新嘗試，用字遣詞和寫作完全不同。張科長耐心地改著我的擬稿，我也從參考舊公文簽擬形式著手，只是我的主要任務為司儀，重要公文簽擬者是巴台坤先生。

巴先生和我同是安徽歙縣人，較我年長七歲，口才便給，反應奇快。當時管理科有一位許武獻先生為同鄉，另一位國策顧問徐鼐亦出生於此，府內有四位歙縣人服務，真是不容易的巧合。

國家司儀于璇先生是我政校學長，長我八期，音色醇厚，音質優美，臨場沈穩，指揮若定，是不可多得的司儀良才。

我們三人都有法定職掌，張科長將四人的職掌、代理人清楚列表，交付我們執行，每次典禮集會過後，彼此檢討有無改進之處，再投入下一次的工作。我逐漸熟悉科內之事，感激著三位長官的教導行事。

當時，我是府內最年輕的軍職科員，住進了總統府單身宿舍，每日有交通車接送上下班。單身宿舍位於士林憲兵單位「梅莊」之旁，環境清幽，一人一間房，有二層樓，只要家不住臺北者或單身者均住於此。

初入宿舍即遇到已請辭將赴美深造的施政先生，他服務於交際科，是最年輕的文職科員，我倆惺惺相惜卻道別離，是為深刻印象之事。

居住宿舍者以「老、少」為主，這是以年齡區分，年輕的以第一局最多，都是高考中第分發府內服務，蕭子仲、劉漢廷、黃大鈞等人日後發展俱無可限量。

老一輩的都是專門委員以上職等，各具專長，像第一局的高冏清委員英文素養甚佳，每日晨起即在戶外看書，與我互道早安後，都會勉勵我多唸書充實自我，我看到他的即知即行，深受感動。

那時，我已服役將近五年，有資格參加「國防特考」，每日晨起及下班後都在戶外捧書研讀。單身宿舍位於蔣公官邸旁，清靜不受干擾，對我日後考取特考資格助益甚大。

宿舍內住的能人異士不少，我雖是學新聞出身，卻對稗官野史沒有興趣，亦不喜巷議街談之風，所以聽過的話轉頭即忘，當時雖覺精采有趣，終未能深留腦海。

倒是蔣公和經國先生的代筆者，在我結婚時送上喜軸表達祝賀，甚為感謝。能得大師墨寶為慶，我一直都珍藏著這分情意。

蔣公代筆者是陸友亮參議，經國先生代筆者是陳其銓參議，兩位都是著名書法家，禮聘來府服務，有時到單身宿舍小住，得以有數面之緣。

一般而言，能到總統府服務，資質必較他人為高，事實上，智慧或有高低之別，努力則是上下之分的重要憑藉。從單身宿舍「舍友」到府內「同事」，勤勉奮進、敬業向上之風，應該是主流價值。

我深受舍友好學感染，亦受科內同仁影響。

張瑞亭科長為最佳榜樣。除掌控全局外，細節的拿捏非常精準，他每在預演時擔任主席角色，不疾不徐，從容以對，是為對科內同仁做出示範。

也就是說，簽辦的公文有改正機會，現場儀節進行則不能出錯，關鍵在於專注力和平時的訓練是否扎實。

這種外弛內張的修養，應與張科長喜歡閱讀與運動有關。我經常在午餐時間，看到科長邊吃自備便當、邊看書；他還是馬拉松運動的好手，經常參與路跑活動，在身心都極安頓的狀態下，典禮集會的嚴肅與緊繃情況，自然容易化解。

大學長于璇和巴台坤、吳義明先生行事穩重、待人謙和，言談風趣，常在辦公室脫口而出幽默話語，引致一團和氣。科內常處於自重、自修、平靜、平和的氛圍，典禮集會的進行必然能照章行事。

這種完全不能出錯的工作，對我來講是種考驗，更是我成長學習的目標。

民國七十一年初，經國先生身體狀況已大不如前，典禮科承辦的例行典禮集會和大使呈遞國書等儀節，需要多加考量時間因素。我於此時進入典禮科工作，接觸的大型活動較少，但也十足開了眼界。

首先是總統府內的「國父紀念月會」，依例要邀請文武百官約四百多人與會，會前準備工作不難，我擔任禮賓官，負責引導、接待等事宜。會中，親睹經國先生容顏，內心難掩激動之情。

其次是機場迎賓。外國元首來訪是重要禮賓工作，第一次我隨眾人到機場後，跟著科長就定位。可能過於緊張，或是吃壞肚子，我竟然腹痛如絞，幸好儀式還有二十分鐘才開始，我趕緊編個理由到廁所解決，是為深刻記憶。

國宴的隆重與豐盛則讓我大開眼界，圓山飯店及臺北賓館陳設高雅、富麗堂皇，一般人難以想像。我們和外交部的典禮、交際科人員往往忙得人仰馬翻，面對佳餚，餓著肚子完成任務，亦無法想像其苦。

至於大使呈遞國書、典禮集會、頒授榮典、協辦國之元老喪禮等，我都有機會參與，印象深刻的是「改良版」的蔣公逝世紀念大會、慈湖謁靈，以及中樞國慶紀念典禮後的國慶大會。

蔣公逝世紀念大會在中正紀念堂舉行，對典禮科是全新挑戰，程序進行、座位安排、人員動線規劃、車輛調度等，都要考慮周詳，才能圓滿其事。張科長帶領我們集思廣益，演練多遍，終能完成任務。

我的任務是襄儀和接待，另外要在大會結束前先行離開，先至慈湖準備謁陵之事。離開的時機要拿捏的好，坐上大禮車離開也要隱密，藉著張科長的指揮若定，我都能掌控得好。

車到慈湖前，馬路兩旁已有謁陵民眾徒步前往，我特別請司機先生注意路況，以免出了差錯，聽到有人說是孝勇先生來了，臉上突地一陣熱潮，久久不能散去。那時我才二十七歲，第一次坐大禮車到慈湖，感受民眾對蔣公的敬愛，很想和民眾一起步行入內，無奈身負重任，故有此反應。

國慶紀念典禮則儀節甚多，從中樞紀念典禮開始，到各國慶賀團、大使致賀，總統府內貴客盈門，我們忙得不可開交。十點整的國慶大會是國慶籌委會辦理，我們則要注意時間流程，加以配合。

重點是蔣經國總統在三樓陽臺向全國民眾致詞，我們和安全人員繃緊神經。能夠上陽臺的人都屬極重要人物，完全認證不認人，以免安全上出現漏洞。預演時已能感染緊張氣氛，安全人員的配備和部署、走動有條不紊，離開時的迅速確實，足證訓練之嚴格，非親臨現場不能感受！

・

總統府內人才濟濟，我服務的第三局人員軍、文職並列，都是優秀的各方俊彥。局長陳履元中將飛行官出身，勤敏果決，動作俐落，是大禮官不二人選；副局長朱季昌先生學識飽滿，思慮周全，第三局在兩位長官指揮監督下，幾乎沒有出過問題。

由於蔣經國總統親民作風，跟隨在旁的人員都極低調隱密，總統府內人員深受影響，對外亦都謙和退讓。有次，有同仁可能在外行事稍露了鋒芒，立即被調職離開，顯見紀律和道德要求之嚴整。

而我們的工作亦不能有任何差池出現，某次因置放總統水杯不當，負責科所受責備，不是明文懲罰而已，所以責任重大。我們兢兢業業做好自己的本分，為的是國家元首的尊榮，以及國家的榮譽。

嚴肅的總統府內其實也有較舒緩的一面。那時，有員工福利社、餐廳、理髮室，還有撞球間。人性化的設計場所，讓員工各得所需。

府內員工還有自辦的員工眷屬旅遊活動，藉著到名勝風景區的踏青遊憩，增進彼此情誼。我在任職期間結了婚，感謝著同仁們對我的指導和關愛。

就在我逐漸熟悉各項業務後，國軍新聞單位要我重回軍職服務，在為難之際，局長陳中將鼓勵我要多歷練，讓我離開了這個既緊張又溫馨的單位，重新回到軍聞單位任職。

我的職銜從上尉科員又回到了上尉新聞官，開展另一條完全不一樣的路。

之五　文化大樓見真章

離開總統府前，要招考接任司儀。以前是我到府考試，現在則陪同長官對國防部推舉人選做測驗；角色互換，諸多感觸。

有一位新聞系學弟參與，考試成績出色，可是個頭太高，最後未能出線，我想起在校時擔任司儀未能交棒給同系學弟的事，牽動出那段記憶。

由於業務忙碌，調職命令發布後，我仍在科內工作了幾個月，直到民國七十二年十月十日以後才到國防部出版社報到，展開另一階段的軍旅生活。

·

國防部出版社是國軍建制單位，對外名稱為「新中國出版社」，軍、文職人員幾乎各半，位置在現今臺北美術館後方一處營區內，沒有警衛、沒有著制服軍人出入，看起來和一般機構無異。

出版社顧名思義是出版國軍各類書刊的地方，當時有六本刊物在此作業，每刊「盤據」一角，雖相通卻少往來，和一般軍方辦公室有顯著不同。

所謂盤據，指的是同一個辦公處所卻劃分成多個隱密空間使用，裝潢雖稍老舊，從地面鋪有地毯，可知此處曾輝煌過，可惜沒人告之其歷史。爾後出版社遷至「文化大樓」，社內老人逐漸凋零，這段「新生北路經歷」恐已消失。

從命令發布後，我就參與了社內活動，主要是《國魂》綜合月刊的校對部分。當時我是該刊編輯，主編是名作家張作丞上校，文字編輯是我在聯勤時的學長宋德瑞、美術編輯是藝術系十九期學長陳薈民。而後陳學長退伍，二十五期藝術系的趙明強接替，比我早到社內報到，不然我待過的單位仍屬我最資淺。

「菜鳥編輯」要接政戰業務是天經地義的事，到社後政二和政五成了我的業務，社內開會都是我張羅，才逐漸了解社內「生態」。

可能是專業單位，學長、姊們本事高強，「不服氣」之風高張，表面雖無爭執，外出開會或用餐時，安排誰坐誰的車都有意見，我這個小編輯只好到處「喬」事，見識到人性的另一面。

或許我曾在高層待過，當時羅卓君社長頗信任我，很多公文瞄一眼就批示，辦公對我來說很輕鬆，倒是編輯工作飽嘗壓力。《國魂》月刊是政論性刊物，每期字數超過十萬字，校對時已感吃力，上了編輯桌要寫稿和策劃，較之軍種出版社的任務要吃重許多。

那時我能重回新聞單位，不是出版社有人離開要遞補，而是原本發行的《新文藝》月刊停刊，將部分內容移入《國魂》增加人手之故。這段歷史也是人事糾葛下的決定，一念之別，使得軍中文藝創作發展限縮不少。

一本政論刊物要加上文藝內容，有些不倫不類，幸虧名為「雜」誌，也就見怪不怪。長官們將內容定位於五大內容，名副其實地以「雜卻精」的綜合內容發行，也讓我們多了不少發揮空間。

其實，初到社我哪懂得這些，就是遵循張主編交代的事好好去做而已。校對是重任，寫稿可有可無，約稿有待學習；反正小編輯要想「熬成婆」得花不少時間，就好好學習著做一名編輯吧。

·

校對是編輯的責任，可說是最苦的差事，因為校對的好，沒人稱讚，一字之差鐵定責任脫不了。那時還是撿字拼版時代，偶爾有些電動打字補助，內文使用六號字體積不大，校對工作頗吃力，偏有時敏感字在字架上比鄰，撿字人員若誤將中「央」撿成中「共」，而我們未察，事情就嚴重了。

我的學長宋德瑞在校時帶過我，天資聰穎，反應奇快，校對是一把好手，每能揪出我看不出的錯誤，令我敬佩。只是宋學長不願寫稿，張主編也不勉強，這事指向了我。

記得第一次採訪對象是一位藝術家，為國內知名「景泰藍」藝品創作者。我不懂此藝品，慌亂中也找無資料，只好虛心就教和藝術家閒聊；張主編看完稿件就交代發打，讓我鬆了口氣。

寫稿是編輯的考驗，面臨作家主編的審核，頭一次能過關的很少。我慶幸在聯勤時能寫些新聞稿以外的內容，加上林祥金社長的鞭策指導，讓我有些信心；當然更感謝張作丞主編的手下留情，因為社內很少有低期學弟第一次寫稿能過得了關。

其實，我應感謝的是著名新聞人黃肇珩女士的指引。

從唸新聞系之後，我就喜歡上黃女士的作品，買下她多本人物報導專書，不時閱讀並勤做筆記，希望在回到新聞單位後有用武之地。

我的努力沒有白費，在黃女士的專著被我翻得快脫頁之後，終於以「類黃式筆法」站穩腳步，開展我的寫作之路。

日後，我有機會和他人分享寫作經驗時，總強調「讀破一本書，寫作路不孤」用以自惕和互勉。

能寫稿只是基本功，編輯能約到好稿才是本事。張主編是九期大學長，以詩和小說見長，他的同期同學柯青華原也在出版社服務，為《新文藝》月刊的編輯，退役後辦了「爾雅出版社」出版不少名著，柯先生以「隱地」為筆名寫詩和散文，為文壇名人。

他們兩人文名遠播，約方家寫文藝稿件駕輕就熟，而能約到文藝以外的稿件，靠的是資深教授之功。

當時，政論性刊物負有匡正時風、為政策宣導之責，刊物特別約請有名望的教授出任召集人，時間最長的是楊逢泰教授。楊老師曾任政大外交系所主任和訓導長，謙謙君子，每月都會協助我們約請名教授撰稿，使《國魂》成為重量級的政論性雜誌。

此時，國內言論市場盈庭，已到百家爭鳴程度，往昔，資深教授「一言為天下重」的態勢全然改觀。楊老師年齡雖大，觀念卻很新，約稿對象老中青教授皆有，使得《國魂》言論中肯、不慍不火，在宣教上助益甚大。

雜誌編輯工作繁忙卻無變化，除每月內容更新外，了無新意。到社第二年，我被排定至學校正規班受訓半年，以利往後升遷，其實那些戰術課程和我從事的專業毫不相干，我仍認真學習。日後得知我在排序上，居然是全期（一百名）第三名畢業，聊表安慰了。

受訓期間出版社搬到了信義路的文化大樓，那是一棟全新的辦公大樓，國防部重要文宣機構都在裡面。我仍做著同樣工作，只是兼職的政戰工作交給了學弟，成為張主編信賴的副手，做著月復一月的編輯工作。

我之所以稱了無新意，是因為策劃全由主編為之，編輯就是跑腿取稿或發稿、校對而已，真正深入核心的機會不多。不過，寫稿的重任，張主編倒是毫不吝惜地磨練著我，奠下我日後能一直動筆的基礎。

除了寫人物，張主編也要我寫一般稿，好讓筆尖圓潤。那時，開放赴大陸探親政策才要啟動，外國作家對大陸現狀有許多論述，我每月要寫一篇讀後感見刊。寫讀書心得是「小兒科」，但在當時氛圍中，要寫得像評論卻不似評論，像遊記又不似遊記，是報導卻又夾雜些自我觀感；我只有自助的份了。

張主編是個不多話的文人，常和雇員小姐談天說地，對我們編輯卻是惜字如金，他只說：「照你自己的意思寫就好，別忘了我們的文宣任務。」於是我絞盡腦汁，放上全副精力在這個專欄上。

我的努力沒有白費，這個專欄得到評審老師的讚許，幾乎每月的評審意見上都會注明。我歡喜的是沒用我的本名發表卻屢獲嘉許，可見甚具實力；更高興自己能具有筆耕的條件。

寫稿的時間讓日子過得更快，了無新意也因為撰稿面向不同摻雜了更多心意，在《國魂》月刊一待就是六年，我失去不少到其他刊物歷練機會，只因為張主編信賴我，我就在文字中涵養琢磨，自得其樂。

其間，參加國軍文藝金像獎比賽，得到報導文學類佳作，也出版了第一本人物報導書籍《巧手乾坤》。

得獎和出書只為驗證自己的功力，我知道要努力的地方還很多。只是，鋒頭多了，煩惱隨之而來，甚且「樹大招風」，讓我陷入「非編務因素」風暴中。

民國七十八年我晉任中校，和其他學長一樣，到此算是升遷的一個段落，往後就是命運的安排。因為軍人升遷要求學歷、經歷和職缺的配合，還有軍中倫理的考量；我一向不關心此事，只求能在專業上精進而已。

可是單位內有主官的考量和制度的運行，不是我能左右。

在《國魂》當了六年編輯已創下紀錄，後被改調至《吾愛吾家》月刊任編輯，那是一本有關婦女與家庭的軟性風格雜誌，我很快進入狀況，工作非常愉快。才三個月過後，張主編高升為代理社長，隨即約見我要我接《國魂》主編，我認為不符倫理和現階，堅持不接受。張代社長不勉強我，發布我為《賞罰公報》主編定案。

在這之前，社內人事已多有變化，各期別較勁，詭譎多變，我只專注於寫稿和編稿，對人事毫無興趣；拒絕出任《國魂》主編引起諸多波瀾。我認為，單位內制度最重要，不應因人設事，也不要因事找人，磨練文筆才是待在專業單位的正途。

·

不過，理想與現實往往敵對。

在張代社長榮退後，我的噩夢到來，直到退伍，長達八年多的時間跌入人事糾葛和幽暗的歲月，痛苦不堪，為的只是能撐到領取月退俸的資格。

八年中也有專心編務的四、五年，算是能一展長才，然而，多數時間為人事和金錢支用困擾，是為一生中最為挫折之事。

民國七十九年中，孔繁定上校接任社長，因《國魂》主編陳上校工作三個月後另調他刊，指派我為《國魂》主編。我帶著優秀的學弟王雲龍、羅容格、鄧克雄，努力編刊，是為編輯生涯中最難忘而愉快的回憶。

我們一起開會研討主題、分派任務，一起集思封面創作，由容格執行，第二年與「金鼎獎」擦身而過，我們沒有遺憾，畢竟攜手走過的路最真實。

我心中只有感謝。感謝社長提拔、感謝楊逢泰老師協助、感謝團隊合作，使我從編輯而至主編的想法，得到實踐。

其實，我在《國魂》待的時間夠久，相關事務一清二楚，在任主編前唯一沒接觸的是經費；果然經費成為壓倒我的一根稻草。經費中的稿費開列核報，除了法令規範外，能自主運用的空間頗大，權責在各刊主編手裡。

依例，各刊稿費的開列係以文字、照片、插圖，依規定金額提報，只要有使用就可列報。只是，明眼人可看出哪些文章或照片為無償使用，但依規定仍須列報，至此，「人頭戶」的運用，是灰色地帶的檯面下交易，社內行之多年，彼此相安無事。

我逐漸了解我主編的刊物在各刊中資源最少，卻無從改變，只能蕭規曹隨，盡力於編務上。豈料孔社長在熟悉社內狀況後，明訂消除「人頭戶」陋習，我坦率向學弟們說明：今後所謂的「福利」將大幅減少，學弟們都很支持我。無奈，其他刊物仍陽奉陰違，且嫌我這個學弟多事，孔社長亦無貫徹執行決心，社內「一國兩制」做法模糊真相，我立即提出辭呈。

經多次說明立場後，我被派往《奮鬥》月刊任主編，那是一人包辦全部編務的刊物，也就不必顧慮編輯權益，我照章而行免除不少困擾。此時，社內已建置電腦化設備，我除了寫作就是學打字和部分軟體功能，出版了幾本雜文集，算是對自己仍專心於專業技能有所交代。

至於日後審計部糾正專業單位開列執行業務所得為違法之事，社內仍若無其事應付，我則被卸職晾在一邊，完全沒有發言權了。

另一人事上的不公義，亦行之多年，乏人聞問；此乃牽涉個人利益也。社內自副社長以下重要幹部均兼主編之職，美其名為因應人力不足，實則刊物自有「黃金屋」。我初到社，除當時王傳璞副社長（《新文藝》月刊前主編）未兼職，十來年均是如此，可見得此「傳統」的一脈相傳。

問題是：對講求指揮體系嚴整的軍中而言，無異挑戰制度。試問，副社長兼主編的刊物，如何向總編輯負責？其理自明了。

其實，我對這些都沒興趣知道，但是當過大刊主編的我，同樣是此制度的挑戰者，不少學長見我歷練在先如芒刺在背，大學長們則討厭我奉行法令的嚴正態度，我的噩夢開始驚爆。

·

往事不堪回首，卻不似輕煙般消散。它督促我要努力，才能不被挫折打倒。

至此，我保持緘默，一方面想轉公務機關發展，一方面看書寫作。在社內幾番人事調動上，我均婉拒再接任《國魂》和《奮鬥》、《革命軍》主編，因為在這三刊服務甚久，實在難有創意，職務始終空懸。所幸當時政二處副處長羅曉屏上校交賦不少專案及個案處理，免除那段時間的尷尬，我一輩子都感激著這位暗助我的政治系學長。

在社裡的最後服務階段是派任總經理一職，卻免除我的人事管理權，我知道那是朱華進社長的旁聽之策。我不在意，也不爭取或解釋，做個默默的幹部即成。或許是上天憐我，在極度不被看好的情形下，晉任上校，跌破不少學長眼鏡。

就在準備退伍前，「精實案」的執行讓我不能如願，出版社被整併成「青年日報社出版部」，我受田元元社長提拔為副主任兼《勝利之光》主編（人力精簡下的裁量），再承做一項重要編書專案，終致累倒住院休養。

我堅持報退，田將軍不再苦勸我，我終能在領取退休俸時退役，結束二十年多一些的軍旅生活。

以往，我都是單位內職務最低的軍官，很受長官賞識和弟兄愛戴，幾乎沒有吃過苦，如今的國防部出版社從最小的新聞官，而至最高發展的出版部副主任，則讓我體會到人情冷暖和人性迥異之處。我奉行「不以人廢言、不以言舉人。」觀察著生態變化，終究還是難以跳脫成見，絆住腳步，留下不堪回憶。

人事變動本就複雜難測，在軍中談改革又何其困難，心性偽詐或真純，時間可以測度得出，只是知道真相亦無可奈何，就當是人生旅途上的一處風景，儘管觀感不佳，仍是旅途的一部分；走過方知甘苦。

其實，在出版社的十五年時間，我感恩不少老師、好友的鞭策與協助，呂夢顯中將從擔任撰稿學者時就鼓勵有加，張騰蛟老師在新聞局無論多忙只要約稿必準時交件，還有不少學者專家亦鼎力協助，更懷念已過世的張作丞主編、楊逢泰教授、戚宜君老師、張放老師、陳宏老師、沈謙老師，每個人的人格特質都是我要學習的榜樣。

·

一個人的際遇，綜合觀之，難以好壞二分法評斷；尤其，在好的單位並不一定諸事順利，在看起來不好的單位也並不會學不到東西，一切在經過後，如夢幻泡影，船過水無痕。

只是，無論有否在役，我經常參加聯勤出版社和總統府典禮科老友的聚餐活動，卻很少聞問國防部出版社之事，應是心胸狹窄之故。心的力量，也果真讓往事不如煙了。

卷三　文海漫游

學新聞而後能從事文字工作為學有所用，在軍中卻不見得人人有此機緣。很幸運地，我一直都有機會在出版單位琢磨文字，離開軍中仍是如此。那是上天所賜福分，我惜福而守分。

文字天地浩渺廣遠，文學觸角深不可測，我涵泳其中，自得其樂。離開「秉春秋之筆　嚴善惡之辨」的使命已遠，我願在文學天地與有緣人切磋互勉，若能筆耕而利己利人，吾願足矣。

之一　古都青年真本事

離開軍職之前，我有不少機會轉任公務員，未能成行的主要關鍵在於家人勸說以領取月退俸為先，故面臨退伍即對公職失去興趣。輔導會一直沒去成，也在於我的心態。不過還是很感激長官們對我的厚愛，我決定做一位榮民即可。

退前一個月，文友黃漢龍先生來電詢問：是否願意接續編輯雜誌，我即刻答應。過後，與救國團臺南市團委會蕭淑貞小姐會面，接編了《南市青年》雜誌。編雜誌是我的專長，學以致用，很少人能有此機緣。正好青年期刊待遇不高，我以做志工的心態，為臺南市的青少年朋友服務，心情格外輕鬆。

尤其，我能掌控自己的時間，照顧家人、勤於筆耕，何樂而不為？我感謝造物主的仁慈，讓我回到臺南後立即有了工作，還是我喜歡的編務。

《南市青年》是一本在地發行的青年期刊，歷史悠久，不少作家初試啼聲之作都在這裡發表，文學種子亦在此處散播和傳承。我出生成長的年代文藝風氣甫萌芽，無緣躬逢其盛，退役後有機會編織青少年世代的文學之夢，甚覺榮幸。

初接編務，即覺青少年朋友的實力不容小覷。臺南為古都，文學風氣濃厚，高、國中學生的稿件均有可觀之處；每期收到稿件往往超過三百篇之多，能用的卻只有三十多篇而已，光是審稿和選稿就佔掉不少時間。

其實，稿件愈多我愈歡喜，不論是同學們自行投稿，或是老師、補習班老師「引導」學生投稿，那都是令人興奮而高興的事，因為園丁看著苗圃內的小芽四處冒頭，哪有不高興的道理！

看著那些文學尖兵的作品，我更加窺探到文學天空的廣大無垠，有時頻呼可惜，有時激動想按讚，有時為筆下情意感動，有時沈醉於作者字裡行間；看著想著，便會記起曹丕所寫：「文章乃經國之大業……。」等句，這些作者才僅十五、六歲而已，假以時日必能有成，進而為國家棟樑。

不過，優秀學生和其作品佔的比例不高，青少年國語文表達能力較我們當時為低，恐怕是時代變遷所致。不過，作品反映出當代學生的所思所感，倒是值得觀察和深究；可惜沒有相關單位做此研究，我只能選優編輯發表而已。

學生稿件大致以散文、小說、新詩、勵志短文和一般雜文為主，選刊的原則是各種文體皆有，讓青少年觀摩學習。各類文稿中以散文程度較佳，不少作品文情並茂，且文筆暢達，有時氣勢磅礡，不輸名家之作。

這應該和臺南文風鼎盛有關，名校生的作品有一定水準，無論在題旨詮釋、題意營造、文筆勾勒上都富條理而突出。我每在審稿時沉醉於優美文字中，擊掌讚歎，為同學們的文學創作叫好。

散文幾乎是傳承之風，小說和詩則大多為時代反映。

所謂傳承指的是筆法、意境、描摹，離傳統文學不遠。散文可說是美文的一種呈現，文法要美、字句要美、筆力要美，府城青少年閱讀風氣佳，能兼採眾長，在散文寫作上自然高雅而豐美。

小說和詩則因時代不同，和我們熟知的典型作品差異甚多，小說以愛情、幻想為主，詩則以類散文和歌詞式書寫最多。這些篇章讀來有趣，但味道不同，尤其新詩，既無詩的語言，更無詩的想像，但青少年樂此不疲，投稿詩作的人往往佔去稿件四分之一以上。

·

其實，我無意評論學生們的作品，身為主編只要選取適當稿件掌控編輯流程即可；只是社會上常有現代學生國文程度低落之歎，我想表達一些看法。

整體而言，沒有人做過統計分析可茲證明學生國語文能力低下，似乎不能遽下斷語，一般人只接收到考試作文評卷的良窳，以及書寫常有錯字，即以偏概全；其實，每個年代都有相同的問題，只是在資訊發達的年代，很多議題特別容易被放大檢視。

我也無意替現在中學生國文程度低落請命，每個時代都有獨特的面貌和氛圍，所謂國文程度不佳原因甚多，絕非批評所能改善。身為雜誌主編能做的，就是提供好的文學作品，讓同學們參考運用，並且鼓勵學生重視閱讀、親近文學。

青年期刊能否達到這個目的？我們沒做過統計。讀者數從我接編時的一萬五千多本，一路下滑，能維持在七、八千本左右已不容易。民國八十七年電腦普及化，所謂電子化時代早降臨，網路運用雖方興未艾，紙本似乎日落西山。讀者漸難接受印刷品，而改以電子商品為主要觀覽工具。

這是一項挑戰，也是時代變革的分水嶺；對青年期刊而言，經營的困難度剛要開始。

一個是團務的功能逐漸萎縮。學校團務原是救國團的強項，在經費及人員的減編後，與學校的關係逐漸疏離，靠學校宣傳、訂購的雜誌受到影響。

一個是編輯方式日益窘迫。主編只負責審稿、編稿，稿件交印刷廠後再校稿即可，美編的重頭戲交由印刷廠負責。初期與全臺出名的「秋雨」印刷廠合作愉快，而後因招標多次換廠商，不斷更換合作對象，真覺不堪其擾。

本來，編雜誌應有固定團隊分工合作，偏臺南市團委會連個辦公桌都沒有，所謂的「執行編輯」是文教組的一位輔導員兼職辦理，可想而知辦刊物除了熱情之外，很少能得到奧援。

這一點可看出兩個面向：一個是青年期刊較無「分量」，各地團委會並無多大力量投入；一個是團委會各部門自行運用義工，以達成任務為目標。我進入狀況後深知此情形，只能「蕭規曹隨」。

·

在所有來稿中，插圖和漫畫稿件亦多。學生喜愛漫畫人物，常就著手邊的紙畫好後即投寄，當我收到作業紙、考試卷、小紙條，不知是驚喜？還是要提醒作者請用空白的紙張作畫？想到從事美術創作的人常不拘小節，或許這些塗鴉的學生，改天真能成為一名藝術家呢！

青年期刊或許正有此功能存在。在升學壓力無以復加的現代，青年期刊陪著青少年同學成長，讓他們有個窗口發送或接收不同訊息以紓解壓力，連帶也激發出一些人文素養，滋潤缺少文學氣息薰陶的現代青少年。

我願是那提供文學素材的廚師，讓青少年朋友分享每個月的文學饗宴。

之二　學校文藝培根苗

我從軍職退役，雖出過幾本書，仍只是文壇的一個參與者而已。依往例，青年期刊的主編皆由退休國文教師擔任，我知道自己要加強的地方還很多。

除了編輯作業是我的本行外，我想讓團委會知道我的實力，於是每期的學校報導都由我執筆；高、國中本是我們發行的基地，為其宣傳，彼此互利，稿件顯得特別重要。

大部分學校安排採訪，都以校長為訪談對象，我也藉機會向校長致意，聊個十來分鐘就可以，而後帶著一些資料離開。少部分學校會請我將所撰之稿先行傳上，我也不會拒絕，通常都無異議刊登。

從事新聞工作的人有個強項，就是能化繁馭簡，學校校務工作何其繁瑣，我每能擇其大要而寫，且無公文式刻板之詞，頗得各校欣賞。我到各校都受到校長熱心招待，證明我的報導功力甚得校方嘉許。

有一次，到聖功女中採訪，校長李修女出國訪問由副校長接受訪談。李校長返國看過我的報導後，請祕書致電表示感謝且要與我會面，我隨後到校拜會。李校長面邀我在聯課活動為學生上些課，我拗不過校長好意，以「編輯採訪社」做為該校的社團活動課之一。

教課不是我的本行，我也不喜教課；只是校長的誠摯約請、女學生們的用心聽講，支撐了我五年的教課流光。我帶著教學相長的心情，將我所知的編採知識舖陳出來，希望對新聞傳播工作有興趣的學生能有初步了解。

在聖功女中教課之前，我已受邀到臺南女中校刊社擔任指導老師；那是種機緣。因著女兒是臺南女中學生，當時的女中學務主任嚴蓉蓉老師一直要我到校指導校刊社，我不好拒絕，就這樣長達十一年之久。

臺南女中校刊社有很好的薪傳制度，那群聰明的女學生雖是編刊新手，卻總能知道何時做何事，不需老師提醒，而且做得很好。我落得輕鬆，有時上個課，有時請美工高手上課，彼此都有默契，陪伴著她們學習與成長。

每屆的校刊都在忙碌中完成，女學生的用心和努力盡在字裡行間。學期末總讓我鬆了口氣，感謝著學校和熱心的社員給予我機會陪同她們走下去，留下許多感動和貼心的回憶。

在聖功女中上課講的是編採專業，每週通常都有二堂以上的「報導文學」課程和同學們切磋。報導文學是我的強項，而且報導文學的筆觸貼近一般寫作，上起課來也較得心應手。而在女中是指導校刊的編成，校刊內容豐富，校刊社成員大多負有採訪任務，我也講些採訪寫作要領，讓同學們對報導增強概念。

除了在兩間女校講課外，南臺科技大學校刊社主動聯繫我，請我擔任指導老師，那群大學生的熱情讓我深受感動，我特別在編採和報導文學之外，和他們一起走入散文、小說和詩的世界，探索文學的奧妙，彼此都覺樂趣無窮。

遺憾的是，該校無預算編列出版校刊，我自覺無用武之地，和同學們道別離。本來，我編青年期刊就對各類文學作品知所取捨，有空都在文學作品中汲取養分，使得除了「教學相長」外，也能「編寫相長」了。

·

文學創作天地浩瀚，編者不一定要成為作者，但一定得具慧心與慧眼，才能提供好的作品供大眾賞讀，進而培育人文風氣，共享書香之樂。我很幸運在編採之路上提筆前進，豐富視野，鼓勵後進，得到生活與成長的喜悅。

臺南市真是人文氣息非常濃厚的古城，文學風氣鼎盛，各校常辦理文學營等活動。我曾參與「四省中文藝獎」評審，看到府城四間優質高中學生的作品文采斑爛，自歎弗如，驚訝於本地學子的胸中塊壘，竟是如此地令人激賞。

我也受邀在德光中學的文藝營和後甲國中的文藝營觀摩，對校方大力推展文藝活動，以及學生的多元能力，感到敬佩與推崇。無論如何，那些文學種子早已散布四處，在各處校園扎下根苗，這是各校的長期努力所致，也是臺南學子薪傳文學的有力之處。

我沐浴在府城各校文學之風中，也勉勵自己要做好府城基層文學的推手。

謹以教學前所撰就的雜誌編輯要領錄於後，供參考。

雜誌編輯之我見

一、前言：

數十年前，文化圈內流傳著這麼一句話：「你要害一個人，就讓他去辦雜誌。」從我讀政戰學校新聞系開始，這句話始終如影隨形地成了啥新聞的夢魘；可是沒想到畢業之後，我竟然在雜誌社工作了十多年之久，不但靠毅力揮散了長久以來的陰霾，也用經驗創出了青年期間的優美樂章。

其實，身居變化快速的時代中，任何一個人都可輕易地感受到環境的影響，是那麼地令人難以捉摸；辦雜誌的辛勞和所得，自然也與往昔大不相同。

因此，在論述主題之前，可能需要有與時俱進的觀念，以及接受挑戰的勇氣不可。這點是從事任何行業，所共通的法則；也是身為雜誌工作者，所必具的條件之一。

二、雜誌的誕生：

任何一本雜誌出版都需經過策劃、編輯、美工、校對、印刷等過程，非具相當的智慧和耐心不可。

首先，在策劃方面是腦力大激盪。就月刊而言，每月呈現給讀者的內容，既不能炒冷飯又必須有些新奇的資訊，這些端賴編者們不停地吸收和吐納，才能有以致之。

簡單而言，多看、多讀、多寫、多想是一個編輯者入門的不二法則。

其次，就是需要多些興趣、信心、細心和人際關係的培養。有了這些條件，才能在大多數編者收入並不豐裕的狀況下，將從事的文化工作當成是一種事業來看待，以使這項社會教育的功能，持續而恆久。

目前坊間雜誌以週刊、月刊、雙月刊、半月刊為主，其中尤以月刊居首，堪為雜誌典型。這種型態的文圖資料，介於報紙和書籍之間，自有其區隔與讀者群。大致說來，月刊以深入報導、專題企劃、專欄小品和文圖並茂的方式表現特色吸引讀者，也提供大眾另一種「知的權利」。

正因為月刊與其它傳媒有不同點，就更需要編輯者花費甚多的時間和精力來營造屬於它自己的風格，因此，專業性雜誌如雨後春筍般地崛起，自有其因素存在，也就更凸顯了綜合性雜誌的難辦與困窘了。

不過，由於市場需求以及大眾仍以休閒化的心態看待雜誌，使得綜合性雜誌並未縮小其空間，相對地，編者就必須付出更多的心力，以保有其市場。如歷史悠久的《時報週刊》、《光華畫刊》，不斷革新精進，享譽數十年而不墜，可見一斑。

基本上，雜誌由約稿撰稿開始，直到付印出書，其過程相當繁瑣而易錯，品質的要求也高過報紙甚多，而除了出名的雜誌社有大量人力可供運用外，其它則只能以一當二，自求多福了。因此，如何善用人際關係、開發群體腦力，顯得相當重要，這也正考驗著催生者的能耐如何，同時讓讀者檢驗工作的成果。

一本好的雜誌不但能引導讀者做知性之旅，也能給大眾看到更多真善美的大千世界。

三、印前作業概述：

身為一個編輯者，了解印製過程是和了解編輯流程同等重要的事；因為前者是重要的關鍵因素，一本雜誌的好與壞，印刷的精良與否佔極大影響，不過後者的指導和設計不可否認才是主因。基本上，兩者必須相輔相成，才能達到預期效果。

本節先就編輯作業的學理原則，做個人的經驗之談。

做為媒體工作者首要的條件是不斷動腦思考。有時需要集體創造，有時需要以他山之石加以攻錯，最重要的是保持精敏靈活的腦筋，以模仿、追蹤、搶先、深入的氣勢，營造有利環境。

(一)、動腦構思：

思考的基礎在平日多看書，尤其是相關雜誌的內容，不能像一般人瀏覽的習慣，只選擇自己喜歡的下手，而應花更多時間去分析、去鑽研，才能有所得。

基本上，一方面要從多想著手，因為多想才能找出你想要的題材；一方面又要勤做筆記，因為做筆記能協助你很快查到資料，又能使你在寫作時得心應手。兩者不可偏廢。

其次，要熟知所編刊物的特性何在？才能掌握重點，營造屬於自我的風格。有時要以平穩的腳步踏實求精，有時也可以用點小聰明，做些討好的內容，協助刊物打開知名度。不過，絕不能因此而降低風格；如何拿捏，全看自己平素有無用功和用心了。

(二)、主題策定：

一本具現代化觀感的雜誌，主題是全書靈魂所在，也是能否吸引人注意的關鍵點，不得不多加細索。

通常，無論是專業性雜誌或綜合性雜誌，都以每期的特別企劃等特色，廣加吸引讀者；而這些特色大多是編輯者花費腦汁苦想出來的，所以，當獲得讀者們的熱烈回響時，那種甘甜正補足了遍索枯腸時的苦楚了。

言歸正傳，編者的功力既然是在策定主題上表現無遺，因此，這方面的吸收和吐納十分重要。基本上，專業性雜誌比較能因內容的獨特風貌，而適度地展現特色，主題的計劃較好擬定。而綜合性雜誌由於定位不易，既要符合一貫水準，又要抓住讀者的心，自然得付出更多的心力了。以綜合性雜誌來說，主題通常包含有名家專欄、特別企劃、有特色的系列專題報導、小品、新聞事件的後續深入報導、前瞻性的思維導引等，做起來自然覺得辛苦。

(三)、約稿撰稿：

前已提及，雜誌社的重點工作是建立人力庫以協助任務的達成，所以在人際關係的培養上，顯得重要。除了舊有資料需要重新檢視、整理外，就是必須從現在起建立作家和可運用人力的分類資料庫，以協助達成任務。

當主題訂定後即行約稿。不論何種稿件首須注意適人適題，才能達到應有的水準，尤其不能怕煩、怕吃閉門羹，而隨便行事。要知道讀者的眼睛是雪亮的，編者用心不用心，全在文章的內容是否合乎水準，絲毫馬虎不得。

通常，除了政論性文稿需請學者專家撰寫外，大部分稿件可由編輯或專人採訪寫成。而不論是何人撰寫，事前的溝通、協商、聯繫，甚至是教導，都非常重要。所以採訪會議的召開，除了分配任務之外，重點是在彼此的心手相連，不僅對單一主題需要詳細了解，遇有系列專題時，更應如此，才能有好的品質呈現在讀者眼前。

(四)、設定標題：

下標題是編者的重要工作，更是考驗編者功力的重要關鍵。通常，稿件到了編輯桌之後，就得潤飾內容和擬定標題；不過由於著作權法的保障和一些著名作家不願編者更動其作品的顧忌，使得這項作業愈趨困難，也更凸顯出編輯臺上好手與能手的難求。

依據著作權法，編者僅能就文中不通順及言不盡意之處，加以修改，因此要改得令作者滿意，不是件容易的事。比較偷懶的作法，就是原文照登，來個皆大歡喜。

不過，標題可不能馬虎。除了散文稿之外，絕大部分的文章都要重新設定，以融入編者的匠心和刊物的格調，藉此增強吸引力，渲染賣點，奠下良好的基礎。

標題可說是文章的第一印象，能賦予各種形態的，便是此中高手的細心巧雕。其實，萬變不離其宗的仍是必須有相當的學識基礎不可，因為，無論是文內小標或文前大標，都是文字錘鍊的精品，較之散文及詩有過之而無不及，要做得好，別無途徑，一在有興趣，一在肯用功。

(五)、稿件發排：

文稿經過潤飾及下妥標題後，除開系列專題在採訪時已拍得照片可供選取之外，編輯組成員得就文章所需的照片，一方面從檔案中挑選照片配合，一方面得請攝影人員配合拍攝。經過商議後，即可將文稿交美編發排。

發排時因各種刊物性質、作業不同，有各種方式行之。通常，每一刊物都有檯紙供發稿用，可以就每欄要排多少字發出，也可以直接在檯紙上劃樣式發排。

而在發排時，美術編輯即應就版面美化、整體設計等，有一全盤構想，並與主編商訂，以利爾後作業。

一般雜誌應以計劃編輯為主，就是依事前策劃加以編輯，稿件不會更動，發稿時可以精準。有的雜誌由於人手不足，或有任務性，或無專任美工，就得先設定每欄字數發排，俟文字稿打排好之後再行美編事宜，以留有空間可做適度調整。

（六）、完稿校對：

文字經打排好之後送回編輯組，文字編輯做校對工作，美術編輯則做美工完稿部分。兩者雖各司其職，唯文字編輯若發現有漏行或漏字嚴重的情形時，應即刻告知美編注意，以免拼藍圖時發生錯誤。

校對文字不是件傷腦筋的事，但是需要細心、耐心和用心。通常第一次必須看原稿校對，若遇疑問時，也必須立刻翻查相關工具書，求得正確資料。

完稿通常在完稿紙上作業，現今則全部在電腦螢幕上見真章。藉著各種軟體功能編輯，只要對軟體功能熟悉自然能駕輕就熟，不過，每本刊物風格不同，呈現在讀者眼前的第一印象，得靠美編的精雕細琢功力。

美編要有整體概念，最好能畫插圖、懂攝影，才能使生動的文圖賦予更跳躍的生命。尤其在封面設計上，必須絞盡腦汁力求變化，才能掌握先機，贏得賣點。

完稿校對之後，要由主編過目，再送印刷廠製作藍圖。

（七）、監督付印：

完成印刷之前的步驟是看藍圖和彩樣。通常一個有信譽的印刷廠都會讓客戶看到完整的藍圖與彩樣，而一個有完整周密計畫的編輯組，也不會隨意更改原先的內容。雖然雙方是金錢交易，在合作關係上，這或許是一種默契的要素吧！

看藍圖和彩樣仍然得要有細心耐心和用心不可，尤其每位編者應自許為把關者，不能依賴別人馬虎行事；唯能建立休戚相關的共識，才能發揮共同戰力，塑建良好形象。

正式付印前，最好能到印刷廠走走，一來聯絡感情，二來再做最後的校對。因為有的地方改正後，拼版部並不見得改好，有的改正後卻動到了沒更改的部分；還有的是拿錯了舊片子，使得第一次的錯誤又出現等等，不一而足，所以一個認真的編者必須全程參與，絲毫馬虎不得。

四、編輯作業實例探討：

(一)、撰稿：

在刊物寫稿通常是以報導性為主，此種文體介於新聞稿與散文之間，難易如寒天飲水，個人自知，尤其若遇到比較專門性的主題，勢必得花不少時間準備。（請見另文詳加探究）

(二)、下標題：

標題有畫龍點睛之妙，提供幾種方法——

1.古典式。可用詩詞切入，以七字或五字勾勒其精髓，可用直接式或疑問式。如：

千江有水千江月

項莊舞劍為那樁？

2.倒裝式。上下兩詞對調後，產生特殊的文意。如：

前方吃緊．後方緊吃

是好看，還是看好？

3.平穩式。將文意平鋪直敘，不求變化，達意即可。如：

三峽老街之旅

尋找臺灣生命力

4.疑問式。為求吸引讀者注意，這是最常用的方式。如：

大安公園有「林」，無「森」？

我們都是吃「毒」長大的？

5.對仗式。以押韻句或連接語句為主。如：

一票輕投．萬苦千愁

是軍事演習，還是準備突襲？

6.新奇式。這是考驗編者的實力，也是發揮腦力的時候。如：

天下沒有白吃的午餐

那一年，我們都很酷

7.凸顯式。可用較為誇張的語氣提高讀者注意力。如：

誰殺了上校？

臺北的天空很政治

此係舉其大要而已，標題製作變化萬端，非要有勤奮的精神不可，這是所有編者應時刻注意的事。也就是有一分耕耘，才會有一分收穫。

（三）、攝影：

攝影工作相當辛苦，其在刊物中所佔份量也重，因此一個好的攝影者，不但是好幫手，還能因其營造出的特色，協助刊物有新的面貌出現。

攝影和文字同樣是藝術創作的工具，因此要想得心應手，必須靠不斷的自修和持恆的努力不可，雖說從事藝術工作需帶點天份的機緣，基本上還是得經過千錘百鍊才能綻放光芒。

就一本彩色頁份量極重的雜誌來說，攝影無疑佔著舉足輕重的地位。除了在採訪會議上與文編做採訪前的協調外，也可以和主管先做一溝通，以免照片拍好後不合企劃原意而需重拍，不僅耗時費力，也容易產生隔閡。一般通則就此打住，由於本人非專精攝影，以下僅能做一概述。

從事此工作必須有一好的工具，因此相機的選購相當重要，由於雜誌對照片的要求甚高，一部好的相機如萊卡R系列就是好幫手。通常配備35到135的鏡頭就相當夠用了，不過月刊要求美的呈現，基本上用單一鏡頭較能有銳利的感覺。

通常，為求有些特殊效果，就該帶廣角或望遠甚至魚眼鏡頭加以捕捉，如先跟著師傅級的人學習，進步必然很快。聰明的工作者或許多投入，也能有好的成績表現，如用多角度的拍、高低仰俯角的拍、用濾鏡拍、不按正常曝光值拍等等，會給自己留下深刻印象。

還要認真學習室內閃光燈的運用、軟片的分類使用、室內人物拍照等，把攝影當成是一項興趣，而非只是工作而已。

(四)、校對：

校對工作看似容易，實則甚難，一方面需要有深厚的底子，一方面更要有細心和耐心不可。通常，文編校文稿，美編校圖片稿，這是編務上非常重要的一環，因為成品的好壞全在此一舉。

早期撿鉛字時代，有一些反義字在字架上排在一起，很容易因撿字員的失誤而釀成大禍，如「共」和「央」在一格上，如校對不注意，中共和中央一字之差失之千里。現在由於電腦排版，操作員的失誤少了許多，更由於各廠牌不同，也很難歸結出以往撿字易犯的錯誤了。

基本上，身為校對者絕不能輕忽此工作，是以應時刻戒慎恐懼為之，首要之處即是要對照原稿，而不能偷懶。遇到不懂的地方，也須立即翻查工具書，直到弄懂為止。

（五）、編輯：

雜誌編輯的實例，在坊間教科書中所載甚詳，無庸贅述。值得一提的是，我們可以從他人的經驗中，得到寶貴的體認。如《天下》、《遠見》、《光華》、《時報週刊》等的編輯風格，自有相互學習的地方。

五、結論：

個人長期在軍中雜誌社工作，深知公辦雜誌編輯之不易；不過，商業雜誌同樣因讀者和利益的壓力而更難辦，也是不爭的事實。總結來說，這不是一個可以大量獲利的行業，所以需要有興趣、恆心，才能從中有些悦樂，若想藉此牟利、賺些掌控媒體的黑心錢，則可另尋它途，以免攪濁一池水，損己而不利人。

辦雜誌由於性質不同、內容不同、讀者不同、訴求不同，並不能有一通則適用，本短文嘗試不偏於一方，隨意撰就，基本上仍在做一自我要求，就是希望能常保上進心和細心、耐心，以使此行業能成為一生的志業，從中得到悦樂之源。

之三　在地雜誌展實力

編雜誌和印刷公司接觸頗多，曾和我合作愉快的「飛鴻文化公司」有天找我商議，希望能為臺南縣永康市編雜誌。盛情難卻加上仍有些雄心，就一口答應。

以往在軍中編雜誌，深知有其限制和難處，很難施展得開，如今編市刊可能會遭遇同樣處境，我認定「謀事在人」，讓自己更多見識，也不枉此生了。

或許以往的經驗並不是包袱，至少省掉溝通觀念的時間，也不會被編輯企劃內容產生爭執，我認為這是我的強項；當然，我也有信心說服主事者不要編得像了無生氣的公報，以免花了錢找罵挨，得不償失。

當時永康市長李坤煌先生頗贊同我的想法，支持我編一本能為永康市民接受的市刊。所謂市刊，少不了的內容是市長政績和公報等等，我花了不少時間詳閱相關資料，希望能顛覆一般人對政府公報的刻板印象。

我大膽提出用全彩畫刊的型式，報導永康市的重大建設和人文議題，一方面用報導方式凸顯永康市的建設腳步和進步現況，另方面蒐羅永康市可資報導的文史、人物、廠家，提供市民參考，增加對在地的了解。

這樣的想法其實是種自我挑戰。首先是人，我一個人在兼職的狀況下必然無法獨行其事，要網羅高手參與，得視稿費和能力而定；幸好，飛鴻公司的聯絡人鄭至芸小姐人脈廣，解決部分撰稿者的問題。接著是策畫和執行，也非我一人就能獨挑大樑；飛鴻公司范老闆和其子小剛先生則應允為強力後盾。

以往，在國防部出版社我任職刊物主編至少有三位編輯協助，現今只我一人掌理，我不知哪來的勇氣竟然答應，事後想想，恐是編輯人的那股求好傻勁吧！

第一次到永康市公所簡報編刊計畫時，公所各主管的質疑眼光並沒能嚇到我，我的計畫倒可能把他們震懾住了；因為以臺南縣的一個市公所，能夠發行一本全彩八十頁、十六開的畫刊嗎？

首先是刊名問題。大家七嘴八舌提供不少意見，我仍堅持以「永康」為刊名，不但是市名，永康兩字做為雜誌刊名非常吉祥如意，最後拍板定案。內容則無一更改，大家都看著我這個《南市青年》主編能玩出什麼花樣？

事實上，計畫內容洋洋灑灑，卻只是個空殼子，一切都在未定之天；我的計畫書之所以沒有異議，是我下標題的功夫頗佳。天馬行空的標題，讓與會者充滿了想像，等著看我怎樣端出一道道的佳餚？

會後，我和鄭小姐商議著執行程序，即刻分工找人撰稿，並依約定編輯作業時間，循序完成。鄭小姐和我都有工作，非專責於此，僅憑一股不服輸的精神，展開這場新的挑戰。

·

任何事物，從無到有，都是「寒天飲冰水，點滴在心頭。」彩色畫刊講究的是照片品質重於文章描述，而報導文字則要避免公式化和刻板化，這個原則說起來簡單，做起來非常不容易。

先說照片，不僅要成色飽滿，還要言之有物。拜現代科技之賜，數位相機的功能已能讓一般人輕易地拍到好鏡頭，但照片能說話的功能，則在拍照者的內心思考和眼睛銳利程度；一張好照片確實比一篇好文章難得！

再說文章。寫篇報導不算難，但要深入、精確，加上文詞優美則不容易。尤其公家機關保守、呆板，要想讓文章活化、有看頭，沒有相當功力很難有所表現。

在經費考量下，我們編輯群都是自行作業，採訪撰稿、攝影一人負責到底，雖然透過電話先行溝通過，我對截稿期的逼近仍是忐忑難安。

我則配置有專業攝影人員，乃因我負主要各篇撰稿工作，難以分身。沒想到，與公司合作已久的攝影團隊，不能適應雜誌要求，打了退堂鼓，我即刻請出好朋友胡元德先生協助，總算能無縫接軌達成任務。

稿件及照片陸續傳到公司後，我和美編做了溝通後即分篇完稿，改正文字稿、挑選照片，我有空則參與照片篩選，大部分尊重美編專業考量，一張張列印完稿就在公司內完成，再送永康市公所審查。

永康市公所是個重視標準作業流程的單位，不但有專人專責出版事宜，對各種作業流程都極重視。《永康》半年刊就這樣持續出版了四年共八期，寫下縣級以下單位出版刊物的新紀錄。

編採過程有苦有甘，尤其封面拍攝和市長政績篇章所花心力最多，而李坤煌市長的一句話對我們編輯團隊鼓舞甚大。他說：「以前出的市政宣傳資料都沒有人要，現在各里都在說下期的市刊什麼時候出版？很多里民搶著要看。」

很明顯的例子，是永康市隔鄰的歸仁鄉也要出鄉刊，宣揚政績。

這個任務自然落在我的頭上。我其實已十分忙碌，但編刊「出了些名」，歸仁鄉指名要我協助，我只能勉為其事了。

同樣的版本內容，要呈現另一番不同的景致，我認為要從版面設計不同著手，構想之一就是美術編輯要由不同的人接手，刊物才會有不同的面貌出現。而撰稿和拍攝角度也要調整，才不會成為另一個刊物的複製品。

歸仁鄉的鄉刊本想堅持用《紅瓦厝》為刊名，乃因紅瓦厝是歸仁古名，意美形佳，奈何影響不了眾人，陳特清鄉長選用《歸仁新象》有他的考量，我即不再表示意見。

既以「新象」為名，報導的主題當然得從新建設著手。我的企劃內容大致以此為度，也藉內容的不同，區分和永康市刊的不同。

不過，同樣版本、頁數的全彩畫刊要編得不一樣，對我是一種煎熬。不解內情的人或許毫無感覺，只要雜誌內容吸引讀者，讀者不會加以比較的。

歸仁鄉的鄉刊為年刊，稍減編刊壓力，出了兩期後，和永康市刊同時劃上休止符。在地方行政事務上，有能力為兩個地方政府出版刊物，對我來說是新嘗試，也是人生旅途中一個值得回味的經歷。

刊物編得如何？應交由兩地居民評價，有機會親炙熟悉的土地溫度，親近在地人的所思所感，我願足矣。我一貫地感謝上蒼給了我這樣的機會。

在兩個地區行走，不單能看到各種建設進步的實況，最重要的是兩地人民的友善、純樸和自然。「臺灣最佳的風景是人」一點都不誇張，鄉親努力在各自工作崗位上，和樂相處，彼此互助，最是感人。

以往，在國防部出版社編刊，不外乎是政論、婦女、軍事要聞等內容，面向寬，接觸的議題也大；編青年期刊時以學生文學為主；編地方政府刊物則真正深入基層，了解在地人的生活與文化。

臺南縣是農業縣，永康市卻是工業化的衛星城，保有現代與傳統交融的樣貌，藉著編刊軌跡，可以循著各種建設探觸城市脈動，也可以觸摸土地了解城市文明發展脈絡，在地雜誌有著多重的功能跳躍著。

有著傳統氣息的歸仁鄉，則可看到村里的互動，尤其是提供年長者中餐美食的服務，以及人與人親切自然的流露，呼吸著土地的味道以及芬芳的鄉土之情。

這些都是意料之外的收穫，讓我走出臺南市得到成長的喜悅，對於兩地各階層人員的協助，一樣感激在心。地方政府出版品已非吳下阿蒙，只要有心，都可以做得好。

對地方政府來說，出版畫刊是種新嘗試；對我來說，則是一種新體驗。民國九十九年底縣市合併，兩刊停刊，青年期刊的《南縣青年》亦停刊，我主編的《南市青年》承接臺南縣原有資源繼續服務青年朋友，好玩又緊張的地方編刊任務終止，有些悵悵然的感覺。

之四　莒光園地視界寬

《老子》一書中，明示禍福相倚的道理，在人生行路中隨時可見，只是我這樣魯鈍卻又有些敏感的人，很少能冷靜以對。衝動的個性常引致自怨自艾，彷彿正義公理不存；殊不知，福禍難料，正是上天給予我們的考驗。

幸好，我在自認遭受不合理打擊時，不會採自我墮落方式紓壓，通常就以寫稿、看書度過，開了我另外一扇窗。早在國防部出版社服務時，就有機會磨練文筆，感念著當年關愛我的長官。

當時軍中「莒光日教學」是文宣部門非常重要的工作，節目內容都是精心企劃、用心製作，雖有些政策取向因素，一般而言節目仍具相當水準。

那時，有一頗受官兵喜愛的單元〈柳營細語〉，是約請國內知名散文家撰稿，書寫對人生的感悟小品，經主播播講和影片配合，感性、知性流露，文學之美盡現螢幕，博得佳評。

〈柳營細語〉只有十分鐘左右時間，穿插在較硬性的宣教節目中，顯得清新脫俗，加上撰稿老師文詞優美、寓意深遠，每能引起官兵共鳴。我自己是觀眾，對作家老師的功力深厚，敬佩不已。

有次參與開會，當時的政二處處長郭年昆將軍突有一驚人之語，他表示：〈柳營細語〉單元很得到官兵認同，我們何不培育軍中作家參與撰稿，多寫些軍中的事會更貼切些？與會人員都表贊同。而後，我被指派撰稿。

那時，我在軍中文藝部門的輩分和期別都很低，突被指名，非常震驚。要從觀眾成為劇中人物，不是緊張所能形容，只是軍人一接派令就得服從，熬了幾天，交出稿件，心裡彷若放下一塊大石。對郭將軍的提攜之情，感激在心。

其實，我還不是寫散文的料，頂多只是文筆通順而已，我知道那是長官的美意，期盼有「兵寫兵」的情感交流，在軍中能寫的人不少，我只因在出版社服務較易「曝光」，得到了這個機會。

其實，早期軍中作家頭角崢嶸，執文壇牛耳者不在少數，且創造所謂「軍中文藝」的高峰期，我們戰後嬰兒潮難望其項背。而今軍中喜愛文藝者仍眾，只是寫作者功力不及前輩，也就很難在文壇出人頭地。

我只是個喜歡寫稿的人而已，長官的厚愛讓我受寵若驚，更驚覺自我能力的不足，我只能不斷看書充實自我，希望不負長官所託。

我寫的稿子能不能達到長官需求，我一直不敢問；那段時間，每個月可能有兩篇寫稿的機會，我用心把握，但內心始終惶惑難安，總覺得小才大用，辜負長官期望。

後來，我受命編輯「莒光園地二十週年」專輯時，在〈柳營細語〉單元收錄了（主辦單位選取）我的一篇文章，與當時國內知名作家同列，深感榮幸和惶恐。

我其實不是寫文章的料，新聞系同班同學就有幾位比我更富文學素養，而且文筆銳利。在校時，我被長官定位在指揮職的發展遠景，只是較早回到專業單位的我，比同學們提早接觸寫作機會，才順勢成了動筆之人。

我的寫作原則是絕不抄襲任何作品，不論是何種題目，都必需一筆一筆寫下自己的看法，這樣才能在一次次的寫作中累積經驗，如果抱持「天下文章一大抄」的心態，恐怕連最基本的編輯工作都不能勝任。

「莒光園地」的磨練，讓我多看了好些書，多寫了一些作品，至今仍懷念著給予我機會的郭年昆中將和羅曉屏將軍。

退伍以後，幾乎和軍中絕緣。民國九十三、四年間突接到當時「藝總」編導徐鳳聲先生來電，稱要到家裡與我會面，隨後專程從臺北開車到臺南。徐先生高瘦神清，禮貌周到，此行主要是請我撰稿。

我與徐先生第一次見面，感受到他的誠心，但也據實報告：我只在軍中浪得些虛名而已，且未曾接觸過影片腳本經驗，恐有負所託。不過，徐先生堅持要我一試，打開了我寫作的另一扇窗。

我所撰寫的《中華文化之美》單元，是「莒光園地」節目中的一個單元，主要是配合節慶製作短片，讓官兵了解節慶內涵、意義和人文風情。我受命後商議擇定一主題，先行撰稿，再交由徐先生拍攝影片製作。

徐先生是此中高手，編導拍片經驗豐富，事先都會交與相關資料協助撰稿之用，我則依想定專題撰稿，彼此合作非常愉快。

除了這個專題之外，徐先生也會有其他宣教任務和我一同商議執行，他每能看出我稿件拍成影片的窒礙之處，先行溝通更改，令我十分感佩。

就這樣持續了幾年，我的名字又出現在華視莒光日節目上，雖覺光彩，心情仍如當初撰稿一樣有些難安；因為我總覺得有人比我更能勝任，我一退伍老兵，文學素養並不佳，能得青睞，始終惶恐。

．

在軍中和退伍之後，能有機會在電視節目上撰稿，是我此生頗感榮耀的事，除了製作單位的厚愛外，當時的長官我的同學王明我中將提攜，明顯為頭功。我珍惜著這分文字緣，願能和愛好者分享著文學之美。

「莒光園地」節目也帶給我不少自修、自惕的機會，砥礪自己要不斷進步，才能在文字大海中游得順暢，更能在文學涵養中汲取到更多養分。

之五　文字天地任我行

駕馭文字、浸淫文學本不是我的志向，是因緣際會，或因勢利導？我不知，只知從學校畢業後，人生幾乎全致力於此。我感恩上蒼的安排，願能持續前行，終此志業。

本來，文字書寫離不開人的一生，但要留下作品明己利眾，則不是件容易的事。我有此機緣，當更加珍惜。

若說能從事文字工作，本身根基頗為重要。從小，我就是文史好於數理，及長讀了新聞，注定終生與文字為伍了。

我之屢提文字而不提文學，乃因我是文學門外漢。小時，只對歷史演義看得入神，從《封神榜》、《西周列國誌》、《東周列國誌》到秦漢、隋唐各種演義小說，翻了再翻，化身書中人物，幻想著自己擁有神力，除奸去惡。

再從《薛仁貴征東》、《薛丁山征西》、《薛剛鬧花燈》，到《羅通掃北》，想像著自己是名武將南征北討、無役不與；再從《包公傳》、《彭公傳》、《施公傳》，激發起辦案雄心，振衰起弊。

結果夢醒之後，成為升學制度下的一名失敗者。

看歷史小說未必沒接觸文學，只是範圍太窄，且全神貫注於此，自然荒廢對其他事物的興趣。幸好，歷史小說可能讓我的作文能力變得較好，也才有可能日後從事了文字行業。

·

真正意識到將來可能以文字為業時，是在下部隊之後。尤其到了金門，戰地任務單純、空閒時間增多，我提起了筆，寫一些生活感言。

記得第一篇寫的是「小草」，內容是在校時柏油路旁屢會增生的小草，生存意志堅強，引發我的聯想。我投往《金門日報》副刊，僥倖獲得錄用，增強了信心。

爾後只要得著空閒，我就在碉堡內書寫，既可領稿費，又可一抒胸中塊壘，對我鼓勵甚大。那一年反共義士范園焱投奔自由，《青年戰士報》辦徵文，我得到佳作，證明我的寫作能力不差。我將稿費全買了書，不斷學習著名家的寫作技巧。

等回到專業單位的「聯勤總部出版社」，寫稿機會更多，終日埋首在文字堆中，從此與文字結下不解之緣。

不過，與文字結緣不代表與文學有所邂逅，我知道要努力的地方還很多，除了閱讀還是得閱讀，才能進得了文學門檻。我不斷接觸散文、短篇和詩及小說，只是資質不佳，難以深入堂奧。

回到專業單位，只是對文字運用日漸成熟而已，自我努力進修及嘗試很重要。有一年，我得到國防部總政戰部「三民主義論文競賽」第一名，跌破一般幕僚眼鏡，在心戰處服務的一位優秀學長，還指名要會會我，看我是何等人物！其實，在任何要與人競爭的環境裡，我都是能避就逃避；此乃個性使然。我沒有出人頭地的資質，也無強烈企圖心，只想做好本分而已，可是際遇不錯，常招人忌，心中亦是萬般無奈。

歷經兩處出版社任編輯的經歷，我常有寫稿機會，使得筆力日增。民國七十六年獲國軍報導文學獎佳作，隔年，出版了第一本報導文集《巧手乾坤》，呈請母系系主任蔣金龍老師賜序，見筆耕稍有成，心裡著實興奮了好一陣子。

《巧手乾坤》是由「中央日報出版部」出版，當時該社楊思諶主任勉勵有加，並謂：「中央日報向來都是著有名聲的作家，才能出版專書，你一無名小卒有機會在本社出書，要多加努力才行。」幾十年來我謹記其言，雖陸續出版十餘本書，仍覺創作有限，有負楊先生栽培之意。

·

從投稿到出書，我終能在文字書寫道路上，對自己有所交代了，正好碰上事業混沌之時，我乃專心於寫作之上，期能藉此遠離人事傾軋紛爭，直到退伍前，我出版了六本各類專著，感激著各出版社負責人的厚愛。

我出書一向採自行投稿方式，用之則喜，不用亦無所謂，繼續嘗試。《九歌出版社》發行人蔡文甫老師不認識我，卻給予機會讓我出了三本書。這些出版人的無私關愛，代表只要作者用功努力，一定能有機會出人頭地。

退伍後編青年期刊，指導學校校刊、編地方性刊物，忙碌之餘也常寫些小文投諸報章，聯合報繽紛版、中華日報副刊，加上先前的中央日報長河版、新生報副刊等媒體，都有刊出，促使自己不能停筆。

民國九十九年，我得到「府城文學獎」散文第二名，證明我亦有寫散文的功力，我高興地領獎，謝謝一路提拔我的長官和各出版社負責人。我向自己許下諾言：將以寫作為志業，永矢不渝。

謹以十多年前撰就的〈雜誌撰稿面面觀〉，做為對寫作志業的獻禮，亦是對從事文字工作的最敬禮。

雜誌撰稿面面觀

在國防部出版社工作了十四年，半生的經歷幾乎都在編採寫中度過，雖然筆耕不斷，仍覺自我所知有限，學海無涯，特以自己淺薄的工作心得提供後學者參考。

基本上，一個人從識字習文之後就和寫作脫離不了關係，而如何將這門功課運用得自如，還能做為謀生本事，就得要下一番功夫了。

通常，我們得先知道所謂雜誌文體是什麼，才能很快進入情況，不致曠日廢時，摸不著頭緒。雜誌的內容包羅萬象，且大都以約稿為主，本文所稱雜誌文體乃只專注於編輯所撰之稿，並未有其他涵意。

身為雜誌社編輯，既要有約稿的本事，更要有撰稿的能力，才能勝任愉快。寫稿是對自己能力的訓練和磨練，是一門苦中有樂的行當，寫稿之路孤獨而漫長，首先要禁得起挫折，一個事事講求速成的人，絕計無法把寫稿這件事當成正事來做，這也是想要從事文字編輯工作時，非常重要的一個想法。

撰稿之方，主要在實務工作上的不斷焠鍊，和理論並無多大關係，所謂「無法即是法」可以做為參考。我也從來沒見過哪位成名作家是依照寫作指南而寫出嘔心瀝血之作，所以硬要把寫作套入公式化的結果，不但顯得四不像，原味盡失不說，可能還因此與寫作之路絕了緣。

不過，這樣的立論並不是鼓勵大家自由揮灑，天馬行空，而是在踏入這道門檻之前，先要有一些看法把自己武裝起來，拋棄掉以前的一些刻板印象，用全心的態度迎接全新的挑戰。

以下是我個人的經驗之談：

一、常翻閱工具書。

寫稿常會碰到不懂的事物卻非要以專家之態加以描繪，除了問相關的學者專家外，案頭參考書是最好的解惑者。尤其對字、詞、句、段的運用如何能正確掌握，工具書有它的功能。如果能養成勤查的習慣，對爾後的寫稿工作將更能得心應手。

二、多聽多記。

習慣的養成需要日積月累，身為編輯要採訪寫稿，不但對受訪者的話要很注意聽，即使是平時和一般人談話都要養成仔細聽的習慣，把它當成生活的一部分，久而久之自然受益無窮。多聽之外還要多記，不管聽到什麼，只要有助於工作需要的，就必須記下來；平時也要多記些格言、小故事，應用在文章中才會顯得生動，這些都是「基本功」，也是「持久功」，靠的是自我鞭策。

三、讀破一本書，寫作路不孤。

我們常聽人說：讀書破萬卷，下筆如有神，這當然是指勤讀苦學的重要，但要讀哪些書才能下筆有神，倒也沒有人能說得準，何況時代不同，現代人怎有時間去讀萬本書呢！我的方法是根據個人的需要和同儕的意見，選擇一本適合的書來讀，最好是翻到該書面目全非了，可能就能從中揣摩出許多前所未有的經驗。

像我是學新聞的，自然是以新聞寫作的書來做為開啟智慧的門窗。當我還在唸書的時候，黃肇珩女士的文筆讓我大為佩服，於是毫不考慮買下她的三本著作來看，這三本都是她從事採訪工作的精華篇章，我下了狠心把其中一本硬是讀了幾十遍，不但紅藍筆劃得密密麻麻，還勤作筆記，找出所有枝節，希望能從模仿入門，進入到新聞寫作的領域。

模仿真的很重要。我當初記述的筆記本一直帶在身邊，主要在提醒自己不能忘記當初「土法煉鋼」的情形。的確，要想在這個領域內打出一片天地，我對老師是很重要的第一步。那時，我們很少有親自謁師或選課自修的時間，所以從心儀作者的著作中擷精取華，而後一點一滴研究用字遣詞的技巧、布局的開展、氣氛的掌握、主體的描繪等等，可說雖不中亦不遠矣。如今，我雖未和黃女士見過面，然而她做為我的啟蒙老師，則是我一直感念在心的。

四、把握每一次採訪機會。

無論主編派的是什麼性質的採訪，或是什麼性質的資料改寫稿，甚至是自已非常不喜歡，而且是自己最陌生的題材，身為一個雜誌編輯都應以敬謹接受的態度，全力以赴。因為身為傳播人，任何的工作都是一項挑戰，這項挑戰將不斷持續下去，如果一開始就不能承受，那乾脆轉行了吧。

五、認真的寫每一篇稿子。

雜誌編輯和報社記者寫稿在很多方面都不同，其中速度方面尤其不一樣。所以記者寫稿要快、要準，文體只有兩三種供選擇；編輯寫稿就沒有那麼大的時間壓力。不過，沒有太大壓力更是一種壓力，怎樣把稿子寫好的第一項要務便是要認真，不要等到最後時間才動筆，也不要抄東抄西，敷衍了事，抱持這種心態寫稿，一輩子都寫不好。

六、每天抽一點空看書。

從事文字工作而不看書是一種諷刺，有的人推說工作太忙無暇讀書，更是一種創造性模糊的看法，根本把文字工作看成是商品的叫賣了。每天看點書，不但是種調劑，也是創作的來源，保持良好的讀書習慣將終生受用無窮。

以上是一些八股的經驗，提供做一心理調適，以下就個人工作心得，報告如後：

壹、採訪稿部分

身為編輯免不了要做採訪工作，這個工作和報社記者不大相同，因為報社記者是寫新聞稿，頂多兼寫個特稿而已，雜誌編輯寫稿則比特寫為精、為長、為廣，不論事前的準備或撰稿，都必須慎重其事。

一、凡事豫則立，不豫則廢，要想使採訪順利，事前的準備工作相當重要。一般採訪稿都以人物為主，首先要擬採訪綱要，針對採訪主題和撰稿內容予以條列化，請主編過目修正，而後準備錄音機，和受訪人約定好時間準時到達即可。

二、受訪者可能很健談，可能不太愛說話，採訪過程中的現場氣氛掌控，必須由自己作主。最好的方法是遇到健談者先讓他說，等到說話的段落時，馬上引入下一道問題，免得時間已到，還在第一個問題上打轉。遇到不太愛說話的就必須在預擬的題目之外，和受訪者天南地北的閒聊，有時候還會有一些意想不到的收穫，如果彼此不說話，可能十分鐘訪談就結束了。

三、最好的情況是一切都在掌握中，把所有想要的資料都能藉由周密的採訪過程而取得。採訪過程中雖有錄音機全程參與，但還是不能漏掉手記的部分，一方面是訓練自己能獨立記述事項，一方面是在寫稿時能精準的切入到重心。

四、寫稿前先將訪問重點重新看一遍，聽錄音帶將受訪人的重要答話抄錄下來，再構思如何落筆。通常文章講求起承轉合四個部分，初入門者最好不要標新立異，以能緊密掌控節奏，依起承轉合的方式下筆，講求通順自然，以自己的看法做橋段，連結受訪者的答話，把文章鋪陳得真實中帶有感情，就是一篇好文章了。尤其重要的是應注意到我的這篇文章，能給讀者些什麼？或者讀者從我這篇文章中能得到什麼？

五、文章起頭很難，所以有「頭難．頭難」之歎。通常一個人物訪談稿的起頭，可以用這個人的評價、得意的生平事、在某個事件中的表現，先下個頌詞為起頭，或者藉景、因物加以敘述，從旁襯出主角出場。一般人物稿大約三千字，起頭第一段最好不要超過一百字，愈簡短留給讀者的想像空間就愈大，可能就愈能抓住讀者閱讀的心。

六、起頭之後的敘述要有條理，從主軸開始環繞，首要必須講求平順流暢，所以對字詞句段的運用要很注意。除了可以很細微地把本篇人物專訪的主題勾勒出來外，也能使讀者在文字山林中觸目皆美，悠遊在人物豐富的生活智慧和優美的文詞中，而不會覺得讀起來有吃力之感。

七、要注意分段或者每段之間的連接詞如何運用等問題。雖然雜誌的訪問稿和報社的特寫稿有些不同，大體上仍相去不遠，所以新聞稿上應注意的事項還是有必要多加注意。分段的技巧就如同音樂中的節奏一般，高低快慢將直接影響到讀者的觀感，而中國文字的變化萬千，如何在每段和每段之間營造良好的連結氣氛，則是撰稿者要特別著力的地方。

八、撰文的主題一定要多加發揮，否則旁枝末節寫了不少，徒然浪費了筆墨，讀者卻看不出個端倪。有的時候撰稿者極力想把採訪所得全部納入到文章中，由於沒有經過篩選，縱然感覺琳琅滿目，對讀者而言卻是霧裡看花。所以主題是重點，是寫作時的主軸，最好不要偏離，尤其在文章的中間段落，更應該明確地直指重點才好。

九、結尾是文章的結束，很多寫法就是讓讀者感覺到要結束了，可有或可無，反正精彩的都已敘述殆盡。不過，結束可能是另一個起點；換句話說，一個有經驗的撰稿者是相當重視結尾的，結尾可以展現撰稿者的功力，也可留給讀者無限的想像空間。我常舉這樣的情形做為文章結尾的運用情形：一首交響樂在讓人們豐富心靈之美的同時，樂音在高亢處戛然而止，全場靜默，等聽眾回過神來，餘音猶存，掌聲響起，這就是高明的結尾。

身為現代雜誌的編輯，只寫一個人的專訪稿有些過時了，現今的方向是同時訪問多位的學者專家，就同一主題發表看法，而後串聯著一氣呵成，讓讀者有多角度、全方位的視野。基本上，從單一的訪問稿著手比較快入門，寫久了自然融會貫通，應該沒有捷徑可尋。

此外，現今的深度報導亦著重數據民調的獲得，以及圖表分析的搭配。所以撰稿如果遇到介紹地區時，可能要注意地圖的獲得，交給美工人員做電腦動畫之用；同理，若在文章中提及數據資料時，也要多加準備，提供美工製作圖表，加強文章的權威性及可讀性。

至於寫系列的報導文章，則是將資料和訪問所得融合起來，注意到主軸的貫串和每篇文章的重點，事先注意策劃的工作，就能按部就班地執行。

貳、資料稿部分

做為一個編輯，如何純熟地運用資料以加強文章的深度與廣度，是很重要的一件事。基本上，資料本身是很僵硬的東西，如何使它軟化，並且適度地幫助文章氣勢的營造，是每個編者都必具的本事。要想使這項本事靈活而有效，對資料的獲得、運用、收藏就必須多下功夫。

一、多準備一些格言或小故事之類的書，在撰寫資料稿的時候，可能在運用上會有意料之外的收穫。

二、自已要有一套消化資料的能力，也就是能把所蒐集到的資料在寫作時發揮裕如。我個人認為蒐集資料最好量力而為，就是不要求多，而且以個人在某方面的興趣相結合為主。如此，則因積少成多而慢慢成為這方面的專家，也不必耗費太多的時間與精力，投注在浩瀚的資料堆中。

三、除了自己運用所蒐整的資料外，到圖書館或資料中心借閱相關資料是最可行的辦法。換句話說，身為編輯必須勤跑資料庫，將是達成任務的不二法門。唯有不斷的學習才能在成長過程中受益。

四、著手寫資料稿時，方式和寫一般採訪稿並無太大不同，仍然要掌握住一般寫作要領，尤其不要過度引用，或把所有資料一股腦全部寫在文章中，使得文章冗長而無趣。愈是枯燥乏味的主題愈要想辦法使文體活潑，才不會愈寫愈糟，連自己都看不下去了。

※※※※

寫作是一條漫長又艱苦的工作，非有極大的耐力和信心不可。耐力得自於興趣和努力，信心得自於方法和經驗。願每個從事這項工作的人都能持之以恆，筆力萬鈞。

雜誌文體和報導文學有些類似，其系列報導也和現今流行的田野調查有些相同，對有志從事此工作的人是種絕佳的挑戰。在練筆勤寫的同時，編者會因觸角的廣伸而得以見識更多；也就是悠遊在文字記述中一段時間後，當會發覺文學的天地竟是如此寬廣，能將所見所聞記述出來僅只是微小卻微妙的一分責任而已。

學然後知不足，唯有不斷的努力，嘗試各種不同的文體，使自己視野遼闊，才能讓人與筆相得益彰，發揮出更好的潛能。

國家圖書館出版品預行編目

千緣萬履 / 胡鼎宗著. -- 臺南市 : 胡鼎宗,
2021.03
面； 公分
ISBN 978-957-43-8592-8(平裝)

855 110002429

千緣萬履

作　　者／胡鼎宗
封面設計／方冠舜
出　　版／胡鼎宗
編輯完稿／飛鴻文化股份有限公司
臺南市仁德區太子五街22巷6號
電話：+886-6-2726-988
製作銷售／秀威資訊科技股份有限公司
114 台北市內湖區瑞光路76巷69號2樓
電話：+886-2-2796-3638
傳真：+886-2-2796-1377
網路訂購／秀威書店：https://store.showwe.tw
博客來網路書店：https://www.books.com.tw
三民網路書店：https://www.m.sanmin.com.tw
讀冊生活：https://www.taaze.tw

出版日期／2021年3月
定　　價／280元